冯诚 著

微信年代

新 华 出 版 社

图书在版编目（CIP）数据

微信年代 / 冯诚著 . —— 北京：新华出版社 , 2025.

1. —— ISBN 978-7-5166-7876-3

Ⅰ . I227

中国国家版本馆 CIP 数据核字第 2025GV7336 号

微信年代

作者：冯诚

出版人：匡乐成   责任编辑：李   成

出版发行：新华出版社有限责任公司

（北京市石景山区京原路 8 号   邮编：100040）

印刷：北京厚诚则铭印刷科技有限公司

成品尺寸：148mm×210mm   1/32   印张：9.375   字数：195 千字

版次：2025 年 4 月第 1 版   印次：2025 年 4 月第 1 次印刷

书号：ISBN 978-7-5166-7876-3   定价：68.00 元

微店

视频号小店

抖店

京东旗舰店

微信公众号

喜马拉雅

小红书

淘宝旗舰店

扫码添加专属客服

目 录
CONTENTS

壹　微信年代

贰　第三场雪

叁　江河同春

肆　域外诗踪

伍 梦里乡愁

壹

微信年代

WEI XIN NIAN DAI

我是谁

你噗的一声
吹到了我的脖颈
你的气息是宇宙引力波
有微微的颤音

我熟悉你的口型和原力觉醒
于是我快活地旋转
像孩童在原野上
吹飞的一朵蒲公英
转向未知时空
时有时无时远时近

不用模仿
两个黑洞的对撞我懂
我沿着与你荡起的波长
精骛八极心游万仞
在高维宇宙的魔幻森林中
做一只桀骜不驯的逆行狗
找寻从前的我和未知的梦

@庄子
乘长风共大鹏扶摇而起
留言给东坡
今夜到赤壁
读沧海之一粟
御长风而独行

收藏三体世界
的唐诗宋词
把于连和哈姆雷特
编辑成地球往事
向十三亿年前
和一万年以后出版发行

就这样
物我有无在同一莲台打坐
肉身和灵魂鼾然入梦
除非
在与你第二次相撞中猛醒

2016 年 2 月

我从哪里来

从现代都市柏油大道
到偏远山乡羊肠小路
走向一座四合院
就走进了我的籍贯

大门朝南，永远贴着春联
房前屋后都是果树菜园
屋里总有热炕的味道
灶台案板宽大无比
臊子面，油香馍，手抓肉
鸡汤凉粉流水席
吃到天黑，唠到天亮
这些童年记忆都录入了我的生命档案

四十多年颠簸在外
坎坷穷达一路风雨
无论走到哪里
四合院总是我的轮轴圆点
无论走出多远
我永远是故乡的轮辐连线

坐在豪华转椅上处理公务
突然会想到老家的收成
走出高楼大厦深入基层深入生活
每一次高大上的专题报道
总要默念勿忘人民
其实，就是要回答
什么是新闻人的良心胎记

有时，我也会在轻歌曼舞中醉倒
但只要突然接到大哥一个电话
几句乡音，我就幡然自悟
我从哪里来，我是谁，我向哪里去
其实我就生活在保罗·高更的画作里

2016 年 2 月

03

我往哪里去

作为一堆文字零件

我希望你以自己的方式

把我排列组合

我希望你天天写作

每个夜晚都把我重新折磨

你就用我写成小说，散文或者诗歌

不发表也行

就以纸质版放进抽屉

或者以电子版在电脑上手机上收藏

想打开时随时打开

没事儿就任意修改复制粘贴

有时你把我做成邮件发送出去

或者放进朋友圈让人点赞，吐槽，转发

无论如何，我都开心快活

因为文字的寂寞

是世界上最大的寂寞

我的四肢筋骨就是横竖撇捺

五脏六腑装满故事

过去我也一直在写文章搞创作
最终却磨损老化失去本我

因此，我希望
天天走近你，走近你的世界
你可以疲劳驾驶
用你独有的编辑软件
把我的价值激活
如果真有一天
这个世界把我格式化了
我还可以秘密回车
向你要我

2016 年 2 月

04

我的灵魂呢

干什么都没劲
吃什么都不香
人整个瘦了一圈

出门丢三落四
说话颠三倒四
眼睁睁发呆
脑袋一片空白

在街巷里游走
在楼梯上打滑
想把自己扔了
但你到哪里出手

这可怎么办呢
银行卡密码忘了
QQ 邮箱也不知怎么进去
进门的钥匙找不到

快回来吧

我思前想后弄不明白

可能有什么东西你带走了

2016 年 3 月

微信年代

我的虚无日子

关门的滋味突破底线
脚下就像踩空
你已走远
我却转不了身

屋子是一个空格
只填写我一个人
还有我血管里的车水马龙
还有衣兜里
从月台带回的疼痛

窗户已经打开
但谁去远看紫金山的树
近听秦淮河的风
你只留给我一个断面
形状等于一口古井

坐下来静静想你
把你想成一片庄稼地
把自己想成一个灾民

犁沟缺氧

种子在胸腔枯萎

阳光断炊

井帮上没有投影

所有打算

都是战胜虚无的路线图

闹过这场春荒

我要打翻自己

去浇灌一颗心

2016 年 3 月

我的老照片

此生最高规格的登临
站在这个位置
我，是自己的男神

高程，1500 米
坐标，南天门
门楼巍峨
是聚焦的背景
人流如织
是景深的陪衬

十八盘就在脚下
望眼中万里云空
转身，又是攀爬
目标，泰山极顶
攀登是那个年代的时尚
脚力是那个年轮的资本

快门中的光影已渐渐模糊
发黄的照片常把记忆惊醒

壹
微信年代

回首过往
拷问人生
我是我的高度
我是我的曾经

2016 年 3 月

词语里有清晰的风向

早晨或者黄昏
阳光或者月色
我们朝着一个方向累积
突然
梅雨穿着睡衣敲门
没有音准好像暗语
恣意放大我们湿透的感觉

太多的泡沫和水分
在肌肤上打滑
在脉管里冲刷
在印证一些哲理和定数
把往昔打包成暴力流淌一地

花和花相加成远山
树和树拥抱成密林
许多章节都是我们的亲历
岁月在高潮处决堤
灵魂的泼洒和漫溢
让寂寞走失

一连多少个路口

都像车祸

像有贼人的暗算

碰撞得血迹斑驳却幸灾乐祸

爱不需要谋划预热

不是一部谍战片

在背后安放镜头

在紧要处重做

如果不是呼吸

如果不是季节

我们可能永远在山外僵持

在风中迷路

最终你是对的

走上山坡走向天际钱

走出气象万千

勇敢攀爬不要分心

山岭上有白云

是的

我是说我和你

2016 年 4 月

08

微信年代

我又一次站在这个蓝色星球的中央

用指尖打开去年的想法

接受你精准的靶向抚慰和痛点试验

是一片森林

我如何修剪

是一座城池

我如何拆迁

从某一次邂逅开始

你把我加入

允许我在午夜的梦魇中刷你

于是我从恐龙时代走起

点开元谋猿人大地湾遗址红山文化的信息遗存

盗取一批石斧陶罐冷兵器碎片和文字符号

触摸飘满铜币的古战场

将地球村的全部物质 GDP 和文化堆积层

在戳的快感中激活

没有一刻休眠

从线下的亢奋中

体会你生命的潜能和本原

主观预判世界的魔方有哪些机关暗键

把控你突发的逆袭和反弹

一万种表情都是孤独的掮客

每一声啼叫都是情感的失联

显然，所有人都已反悔

都想更换头像重新做人

随意拣拾漂流瓶发送超大邮件

暗地里狂摇

见一只猫都想扫

坐视非洲难民问题的困扰

和阿尔法狗的傲慢

没有设置什么门坎

山岳江河野兽宠物

不同的基因种群带着各自的乡愁

以生态链的方式

相互提携同驻一个宇宙圈

但你教会我私聊和支付方式

如果不是地理闹钟墨迹天气

我会以为此刻你就在我眼前

窗帘打开外套脱下

除了地球月球你和我还能和谁连线

内心长满爬虫人性急于释放

打开应用，人人都是一副深邃的画面

触碰虚拟现实眺望蓝色家园

计划外星球的突如其来

于爱的形态变异和世界的秩序重构中

改变点击方式和生活模式

成建制迁入新的模板

吃在同一个钟点

睡在同一个界面

消灭新石器时代以来固有的时空差异和意念延时

甘愿成为工具的奴隶

天天发誓要瘦身减肥提升颜值优化芯片

胁迫转发违心点赞

这些我都信了

就像我相信大数据云计算 3D 打印

和星际穿越黑洞原理

相信陌生人相信老板好帅红包有钱

只是此刻你在哪里耶

——啊！原来你就在我身边

2016 年 5 月

（09）

生日

是父母的赐与
随一声啼哭蹒跚而来
如一条入水的船
从码头开始
有了时空起点
有了航程方位
有了搏风击浪的沉浮

是太阳和月亮夯筑的宝塔
一年一层
储存下一个又一个年轮
有长度有宽度有温度
有色彩有光辉有收成

与你的名字绑定
与你的血型绑定
是你的密码是你的图腾
是你的星座是你的运命
没有更改不能自选

装了太多的梦
必然与众不同
不只是蜡烛的增多
或者蛋糕的香甜
几度花好月圆
几度风雨兼程
越来越厚重沧桑
怎么也回不到原点
因此岁岁年年如越雄关

2016 年 9 月

10

大数据温柔

大数据从茂密的城市楼群穿着便衣走来
把我们的心跳分成 AB 两段暗语
在各自的数据轴上搁浅

大数据把阳光排在寓言的扉页
后面都是下雨的文字
大数据撑开口袋
把街上的探头装进收藏夹
记载下路上的车流量
和商场的购物卡
看你今天到底去了哪儿

大数据一直盯着
你痛苦抽泣的样子和财产性收入
找准你委曲的病灶
黏住你保健的部位

大数据是的哥
在小区门口蹲守
在街道上狂奔

大数据是指尖上的老茧

把人的苦难捆绑成脚手架

一直抬升到梦想的悬崖

被大数据以后

你比过去矜持多了

这些年我们与谁同行

我们做过几次俯卧撑

大数据一副就要晚安的样子

诡异地告诉你

温柔的暴力已经刹车失灵

碾压在垃圾箱履历表合同书上的辙印

已经数据化为二维码

目前我们发现的大数据已经有

稻田草原土地河流月球撂荒地海底页岩气

还不算树叶雪片雨丝流沙

以及地球人说过的话走过的路

以及埋过的人立过的碑

但大数据总是漫不经心若无其事的样子

低调内敛貌不惊人

不会让你提防

不会杀气腾腾歇斯底里

穿着便衣就是让全世界感到安全

它总是在背地里作业
它甚至把自己打扮成拾荒者
不嫌弃餐厨垃圾路边纸屑

但大数据有贵族血统
它从小就生长在 WWW、WTO 和 USD 中间
它已参股快餐业房地产
隐身副食商场学校医院计算器收银台
学会刷脸识别暗恋操控黑洞攻讦暗物质
正在觊觎太阳月亮空气和水
它甚至以算法优势强人所难夺人之爱
插足邻居生活
亲，你现在知道我为什么和你保持距离吗
上述文字是我躲在背街小巷写的寒假作业
完后才回到你的身边
默认我们在一起

2016 年 12 月

神威·太湖之光超级计算机

诞生在太湖之滨

计算的神威震撼世界

一群精英

几年工夫

就从"天河二号"走到"神威·太湖之光"时代

走到升级版的世界第一

40 个机柜里

芯片线圈接头

一系列国产化机器元件

有温度有追求地组合

颠覆人类的语言方式和智能极限

运算一分钟相当于地球七十二亿人

同时用计算器不间断计算三十二年

计算速度十亿亿次每秒

多项性能雄踞世界首位

光看数据就让人热血沸腾

走进机房

走近黑压压的机柜

每一个柜子里

都装有 1024 块"申威 26010"高性能处理器

每一块处理器相当于

20 台常用笔记本电脑的计算能力

把这些能力再组装到一起

就成为举世无双的

神威·太湖之光

站在机柜前

人卑微渺小得无地自容

只有他

国家超算无锡中心主任杨广文

能够打开机柜

像一尊佛讲经说法

超级计算的应用

可以进入万千产业

千家万户

最夸张的是

它可以运用超级计算

进行基因分析

修补基因

精准医疗帮人治病

现在你要问我它有多牛

我就说它等于全世界的公牛

它等于四库全书＋创世纪＋全世界所有的算盘

再加上高铁飞机火箭光速和我们的想象

在这里我必须留下由衷的惊叹

和敬佩的目光

可当我走出 1000 平米机房远离计算中心

回到都市的繁华和尘世的藩篱

低矮渺小的感觉突然变了

又开始折服于人类的智慧和精明

——无论何等神威的计算机

怎能敌得上人的心算心计心术心机

如果再加上口算谋算暗算

够了

我要骄傲地告诉

神威·太湖之光

在人类面前

机器的计算

永远在路上

2018 年 8 月

12

你是我的链接，你是我的密码

黑夜链接白昼
朝晖链接晚霞
春风链接秋雨
流水链接落花
你是我的链接
就像出行链接回家

主机链接屏显
接口链接插拔
手指链接键盘
鼠标链接想法
你是我的链接
就像户名链接密码

我是开启你是关机
我是键入你是秒杀
我的灵魂上下漫游
你的连线长短俱佳
互动设置自动弹出
激情驱动随时萌发

美的界面常刷常新
爱的内存一枝独大

你的围脖越织越美
我的苹果也已发芽
你有海量风景线
我有 N 多收藏夹
粉丝邻居千姿百态
私密备份勿须添加
你的信道我要独享
我的问候绝不群发

不要留存无名飞信
及时删除梦里落花
黑客翻墙来者不拒
防火长城千军万马
只要你我同步在线
生活处处如诗如画

2011 年 4 月

(13)

大
武
汉
，
我
惦
念
着
你
的
美
好

这些日子，我时时刻刻
聆听着你，阅读着你，点看着你
评说着你，感怀着你，伤痛着你
焦灼着你，忧患着你，祈祷着你

这些日子，我放下了全世界
就是放不下你
我的心绪，我的神思，我的喜怒
我的站位，我的视角，我的向度
我的呐喊，我的沉默，我的分担

有七年常驻经历，你早已
镌刻进我的年轮，融汇进我的血液
今天，眼看着疫情肆虐蔓延
我却只能闭门不出独善自我
今天，眼看着你蒙难煎熬
我却只能面壁追怀泣血长忆

我当年的那些伙伴们
又是一个个怎样的不眠之夜

"就是觉睡得太少，请放心"
这样的报平安看似寻常却格外揪心

东湖茶舍的诗书唱酬
长天楼下的友朋畅叙
召政、永泽、茹军、彭军
多多保重啊
无数个亦师亦友的兄弟
我念着你们的名字在心里祝福
平安健康是唯一的祈愿

多少次漫步东湖绿道
多少回休闲江滩景区
楚天台上纵论天下兴亡
黄鹤楼上俯瞰大江东去
武汉三镇曾驱车踏遍
说江城美好有万语千言
武汉啊，大武汉
今日你蒙受着暂时的苦难
来日你一定会凤凰涅槃

2020 年 2 月

殷红的印记

这些天，微信圈火爆了一张照片
一位女医护人员脱下防护口罩后
鼻梁和脸颊上竟显露出被口罩上沿磨破的血印
我禁不住一次次端祥一次次深深感动

谁曾设想，一只小小的口罩
用何等巨大的力量和时长
才能在人脸上碾压出如此深刻的血痕

从鼻梁到脸颊
像一道辙印，像一条鞭痕
血肉殷红、直刺人心
定是口罩边沿与皮肤强力较劲
让汗湿的肌肤禁不住持久折磨

不难想象
这就是防疫一线的医护人员
救治病患分秒必争刻不容缓
没时间脱下防护服睡一个囫囵觉
多少天吃不上一顿热饭菜

甚至腾不出时间

摘下口罩呼一口新鲜空气喝一口水

也绝不去用手扶一扶

自己脸上的口罩而懈怠了疫情

或不用问

你就是一位普通的女儿、母亲、妻子

你就是一位普通的医生、护士、白衣天使

疫情就是命令

患者就是亲人

你穿着防护服的形象透着人间至爱

你脱下口罩的面容心疼了万千网民

微信群里，我一遍遍点看着这张照片

手机上，我把这张照片永久保存

美丽善良永远属于你

你就是抗击新冠肺炎疫情的高大英雄

2020 年 2 月

(15)

庚子之春，我打开窗户

（一）

早晨，打开窗户
以通风的名义
捧取阳光
暴饮空气

曾经，窗外的霾
带着体味和浓度
只几分钟时间
就让你呼吸局促视觉麻木
曾经，破窗而入的风
无孔不入
在每一个汗腺筑巢产卵
用速度和温差
变异出风寒风湿风热风毒
扭曲你的脉象和气色
从风池人中到合谷
从喉咙气管到心肺
哪里都是伤风之痛
这是我过往的人生体验

当下记忆犹新
现在，总是走到窗前
想多一些与外界的接触
不管天气阴晴
雨雪霾雾
但必须承认
人，最大的短板
是不能走出窗户

（二）
楼下几株白玉兰
早已开了
高处俯瞰
一片落地云烟
迎春梅不择地而生
可今年不是往年
看一眼路边的花儿也难
不远处，就是秦淮岸
竟无一人垂影自怜

诗在远方
远方在朋友圈
在客户端
在杂草丛生的地方

在谣言以远
每个人都快速变老
诗已不太好玩

小区团购异常忙碌
土豆蕃茄能直送到家
全世界都像孩子一样
不和陌生人说话
人群划分为最小单元
甚至自己隔离自己
这是至高无上的生命慰安

(三)
午后，打开窗户
品味空气，审视天色
能听到雨丝落地的声音
能看见自己的心情
其实，就是想出门
就是想见人
购物逛街享受人生
岁月本就静好
幸福就是拥有肉身
能看见的寂寞算不得寂寞
快乐和焦虑都要放量平衡

（四）

这个春天，我总是打开窗户

换换空气

看看外面的风景

然后把更多时光

赋能于指掌之上

甚至满足于两微一端的

认知饱和

就范于算法新闻信息茧房

每一天都在值守

每一刻都在刷屏

新冠的数值

死亡的恐惧

医护者的无畏

志愿者的骁勇

厚重的防护服

疲惫的护目镜

额头的勒痕

脸颊的血印

虚拟现实和增强现实之间

那些沉重和美好都在意料之外发生

几乎无一例外

十四亿国人全民参战

展开一场史无前例的人民战争
总体战，阻击战
统一口号是中国加油，众志成城
防控疫情，捍卫生命
是人类共同的命题
中国人义无反顾
在磨难中担当前行

（五）
这个春天，我总是打开窗户
遥望远方，叩问内心
是的，大疫袭来
谁为我们披荆斩棘
谁为我们负重前行
谁为我们轮值警戒苦口婆心
想想湖北
想想我熟悉的武汉三镇
此时，对多少人
最大的奢望就是平安归来
平安归来就是三生有幸

这个春天，我每天都感动于
无数医护人员的仁心大爱
他们冒着生命危险

日日夜夜不下火线

一连工作十几个小时

滴水不进汗透全身

晕倒，饿昏，勒伤

抛家忘我奋不顾身

甚至不幸感染献出生命

每天每天，我感动于

甘如意那样的女孩

汪勇一样的志愿者

弱水吟这样的诗人

感动于解放军三军医疗队的除夕逆行

感动于全国数百支

援汉援鄂团队的勇毅和真诚

还有那些口罩手套空降物资

那些寿光蔬菜四川柑橘

新疆香梨兰州百合

友爱，互助，感恩，向善

人性的崇高和美好总能战胜灾难和不幸

这让我想起

一位学者近日提醒学生的话

国难来临时

你们可否重思一下各自的爱豆（偶像）

他们是什么人

他们为国家和人民做了什么

他们对你一生的价值何在
面对他的提醒
我们每个人都该是答题的学生

（六）
短短时间
我们的党政军民举国动员
万众一心共战疫情
从各省市区一级响应
严防死守管控每一座城
到我们的街道社区乡镇村组
网格化防控到十四亿人
从不惜一切代价抢救每一个染病患者
到适时恢复生产保障社会稳定
从信息公开坦诚面对质疑
到沟通世界
欢迎各国专家联手应对新冠疫情

难道这不是超强的动员能力
组织能力治理能力
难道这不是制度优势大国担当
难道这不是维护人类共同命运

人类社会倍受疫病毁灭摧残

天花鼠疫艾滋病夺去了多少生命

今天人类有能力共御大疫

却为什么有的人隔岸观火

甚至幸灾乐祸落井下石别有用心

这个世界依然诡异

弱肉强食以邻为壑并非耸人听闻

中华民族经历了太多苦难

今天的中国人早已学会掌握自己的命运

（七）

这个春天，我打开窗户

仰天长啸，扶栏沉吟

宇宙万物本就相克相生水乳交融

人类社会就该各美其美美美与共

伤痛总要痊愈

明天总会更好

我期待疫霾早除还我华夏丽日晴空

我希望早一日夺门而出拥抱三春

我相信

劫难和大爱洗礼过的人

最珍惜前路的风景

2020 年 2 月

16

汪勇雄起

除夕夜
己亥与庚子交替时刻
汪勇雄起

汪勇坐立不安
汪勇左思右想——
这是一个快递小哥兼网约车司机
遭遇的最大考题——

是除夕夜，是年关
是该歇下来了
辛苦一年
陪老婆孩子，伴父母亲友
完成一个像样的过年仪式

可是，可是有一个医生小姐姐在约车
相关微信群异常寂静
她夜以继日地抗疫加班
她想在清晨下班后回一次大年初一的家
她几个小时地等待接单

如果没有车送
下班的路她要走四个小时

总该有人回应
不能坐视不管
汪勇摸到了自己的良心
主意定了——
要去帮帮她
那怕，辛苦了一年
那怕自家老小
就盼着这个团圆的夜晚
想过一个囫囵的年

新冠汹涌无情
多少医护冲杀阵前以命相搏
得帮帮她，她是一个求助的医生啊
约车几个小时了
不能无动于衷
——"我要接单"

可怎么说服家人呢
汪勇皱起眉头绞尽脑汁灵机一动
谋划出史上最大的谎言

"老婆，抱歉，我单位有急事了
要去一下，现在就去"
话说得轻描淡写
坦荡自然
他知道，非常时期
早一点出门才保证不出异端

清晨六点
汪勇真的来到金银潭医院
接到了下班护士
护士真不敢相信自己的好运
大年初一
街道空无一人
不知名的网约车小哥
紧张得全身发抖
不知名的白衣天使
激动得流泪
两只陌生的口罩
两双惊骇的眼睛
在新冠威胁无处不在的地方
见证一个然诺
完成一单壮行

从此

汪勇停不下来
当天免费接送三十多名医护人员
已豁出去了
自己的安危置之度外
当晚不敢回家
就住到单位仓库里
已无退路
必须勇往直前

组建志愿者团队
投放网约出租车
联络餐馆老板
每天供应一万五千份盒饭
修眼镜，订拖鞋
送生日蛋糕
医护前方有所呼
汪勇小哥必有应

就这样生死时刻出手相助
"摆渡生命，守护英雄"
连续二十多天不能回家
服务惠及四千多人
谱写出无数个"我为人人"的故事
就这样汪勇的名字火了

汪勇的志愿者团队火了

新冠袭来，华夏众志成城
大爱无疆，江城雄起万千汪勇
无数的心酸
确也遇到那么多美好
"快递小哥"汪勇
你是江城武汉的良心
你也是最美的抗疫英雄

2020 年 3 月

17

方舱渡

不能忘记这个庚子年关

骤然间黑云压城雾锁江汉

连续十多天时间

每天数以万计的疑似病例

难住了三镇大大小小的医院

重症已无法承载

轻症和疑似无处收转

求医无门，无家可归

江水在哽咽生命在呼喊

延滞救治，轻症转重

这是江城最伤痛的慨叹

于是，2月3日

——我记住了这个日子

武汉，开建方舱医院

不要问那是谁的主意

那是良知者被逼无奈的灵感

不要问方舱医院怎么建

看看武汉会展中心

那个昔日万头攒动之地

一时三刻变身为生命方舟广厦百间

同样是有人出人有物捐物
同样是各界动员八方援建
夜以继日争分夺秒
与死神赛跑为生命呐喊

于是，短短十多天时间
一些体育场馆、公共建筑设施
顿时改造变身
三镇大地冒出十四座方舱医院
雷神山，火神山
每一座方舱医院
都是枪林弹雨中的
坚实掩体攻防前沿
轻重患者分而治之
抗疫局面迅速改观

患者是大爷大妈叔叔阿姨
医护是小姐姐小妹妹好兄弟
救治的是一个个鲜活的生命
凝聚的是共克时艰的精神气
保温杯，电热毯
热水浴，营养餐
八段锦，健肺操
图书角，摄影展

危难中心手相扶生死相依
医患间共同谱写
中国式抗疫中国式温暖

于是，我记住了这些数字——
2 月 5 日，开始收住轻症患者
到 3 月 10 日全面休舱
三十五天栉风沐雨悲壮前行
八千多名白衣天使撑起方舱一片天
一万二千多名轻症患者从这里康复走出
坚实的脚步伴着十四亿同胞的祝福和祈愿

于是我记住了
不一样的庚子新春
不一样的全民抗疫之战
于是我记住了武汉方舱医院
和它举世无双的
方舱智慧
方舱速度
方舱模式
方舱数据
方舱大爱情怀
方舱救治奇观

2020 年 3 月

18

未完待续的夜

对夜色
我们有很多期待
那深不可测的黑
那死一般的寂静
还有那炽烈的冲撞
有时它的长度是不够用的

从小就那么过来了
你说它的主题是什么呢

宁静是干净的倍数
喧嚣让人受尽胯下之辱
感恩山脊和树梢的高度
光天化日被卸载清空

貌似漆黑
却不阻碍任何摸黑的脚步
而那刷屏半夜的月光
分明是走失的伴侣
只有相向而行

才有花好月圆

如果有紧要的安排
夜是可以穿透的
但时间在内陆河裸泳
星星不会提前上岸
因此，要忠于内心的守候
今夜的故事未完待续

2020 年 7 月

19

站在月亮对面

站在月亮的对面
我可以忽略一切
就算你天上飞水中游
就算你不在服务区
也只是一键的距离

我愿意
和你做两件出土文物
面对面立着
让我的目光在你的眸子里穴居
把我的指尖插在你的两鬓
你还会逃走吗

你可以放下石斧
放下铁铲、钱包
但你却沦陷于磁卡
证件和记不住的密码
像一只甲壳虫在墙角攀爬
在高处跌落
从有目共睹到视而不见

这是个哲学问题

弹指间就可抹杀存在的合理
就算你的初心破碎成偏旁部首
我也不能缝补出一袭雨披
护送你回到上世纪末
那时你像一片叶子
脸上的汗毛都嫩得滴水
碳 14 和留言版
维系着誓言的堆积层
气息同频响彻云霄

现在
我们以仰望的方式
把月亮送到最圆的地方
然后站在她对面
见证她再一次阴晴圆缺
以及长袖善舞玉兔安详

2020 年 7 月

20

把自己变得陌生起来

把自己变得陌生起来
像一枚熟透的老柿子
准备坠落

眼看着许多叶子
在款款的舞步中全身而去
你呼唤一场季风
改变百年孤独
总归是一茬庄稼
要收割落地的声音

有些山坡人迹罕至
有些溪水被冰雪截流
你很难走出错觉

为什么不会是候鸟
用翅膀说话
其实换个姿势
色彩就不一样
从酸涩到涩蜜

一直到低下橙色头颅俯瞰大地
成熟距离虚幻
只有最后一口气

板栗也是甜的
沙棘红透林莽
物种变异后杂草一律退化
高大的树木必须老去
以树的名义成为硅化木

走出泥土坎坷
才能说根深蒂固
对于柿子的传说
是软硬的叠加
比如秋雨冰霜
和举在枝头的疑惑

2020 年 8 月

㉑

后真相窨井

第 98 号窨井
位于皇冠大道 17 街
六边形封盖
是铜材水泥铸造
有艺术镂花和年号锁扣
是城市的徽章
格外醒目

已经过弱人工智能
计算和推演
按程序体力外包
图纸和管线辅设
像 3D 打印
量产在一夜之间

从一条大街到另一条大街
无数次开膛破肚
街道满是防护挡板
代谢系统紊乱
窨井族群排队候诊

记得有统一着正装论坛一次
在帝豪假日酒店
准时闭门造车
新的风口和数据一定在地平线以下
所有嘉宾深信不疑

盾构机口径超大
穿透陨石堆积层
多处渗漏
暗河奔涌
工期被软岩耽误
追加预算后
调大了开挖深度
西方世界和东北亚
有通识范本
雨污双线下排
城市重构微循环系统

减土浇筑富丽堂皇
GDP 植入脚下黑洞
管线智能处理
休闲防空双键开关

实现政绩虹吸效应
最终城市立体镂空
窨井组团封闭运行
但排泄功能仍是隐私
浊气上泛问题一直不能解决

第三场雪

DI SAN CHANG XUE

高铁之上：进站

匀忙赶到
排在一个长长的队列里
跟在一个人后面
然后圈进不锈钢栏杆
如走进时光隧道
缓慢地回顾你的坎坷和风光
失意和爱恋

你已经被淹没
谁都没看见你
作为旅客
你只有背包和证件

进站，进站
你已经多少次这样进站
哪一次不是喘气，流汗
为了去一个地方
赶一个场面

终于让你跨过橙色一米线

通过第一道关
因为你不能证明你是安全的
你不清楚自己的危险
所以你得接受验证刷脸
你得脱下外套伸开双臂
让人按程序摸排安检
肉身之外的东西
可能都存在隐患

真正的进站还要等候
那是等待一场透雨
等待一轮圆月
等待一次约会
等待等待的底线
候车，检票，进站，上车
圆梦的路
哪一道拐弯都不能删减

2016 年 2 月

高铁之上：对号入座

一票一座
对号入座
你只有一个选择

你姓什么叫什么已不重要
你花钱买票凭票坐车
你成了上帝你是旅客
你属于这张票这趟车
你坐的是待遇
你坐的是资格

你径直走来
理直气壮
找到自己的位置
把行李箱猛抛到行李架
你知道怎样合理占有公共空间
你把自己砸进座位
享受一点点物理反弹

你可以旁若无人

你不用左顾右盼

你有自信有底气

因为你有票有座

你买下了这个空间这段时间

其实你内心很不平静

因为世界上的事情

不都这么简单

/ 2016 年 2 月

（03）

高铁之上：一路向前

一路向前
用速度诠释穿越
在风驰电掣的快感中
完成时空挪移
一些小站根本不停
大站也义无反顾
能感受到发力的强度和后劲

行之有道，绝不越轨
按照信号的指引
奔驰和立停
忽略路上的风景
只为既定目标绝尘而去

以容量和承载力逞雄
但上下吐纳也有门坎
规矩早已约定俗成
不允许喧嚣疯狂
身份座次统统票决
无关风花雪月

只认同路人

终是有温度的远行
回归往复最疼回头客
不会撇下你不管
只要你信守承诺
他终会伴你全程

2016 年 2 月

（04）

倒春寒

天气糟成这样
就叫做倒春寒

不由分说，一夜之间
拉着你从春暖花开
跑回数九寒天
倒行逆施反复无常
说穿了，那是亚热带地区羊
与西伯利亚狼的远程暗恋

是它让男人脱掉外套露出胸肌
或者以微风春韵撩起女孩的长裙短衫
却突然冷漠相向无情变脸

所有青苗遭遇霜冻
家家户户有人流感
梅花樱花白玉兰
早开的花儿被迫早谢
懒人的日子更难保暖

贰

第三场雪

本是让人心花怒放的时节
给山上栽树给地里下种
绿绽塞北红泼江南
万物复苏气象万千
可是现在惨了
退回原点再来一遍

倒春寒
从来不受欢迎
却在频繁上演

2016 年 3 月

05

下雪了

把洁白锁定成固态
整齐划一独霸天下
柔软的暴力
绽出花儿

没有喧嚣
背街小巷已被封堵
许多把刷子
居高临下
将屋脊抹平

色彩的单调
触痛灵魂
世界，装满空洞的冰冷
所有的脚印都在流泪
大多念头暂时冻结

天地不改初心
等有了厚度

我约你走向原野

在同一个界面

点赞春天

2016 年 12 月

微信年代

暴雪袭来

色彩被剥得精光
枯荣对决在暗地里发生
有几片叶子还在风中呼号
满天尘埃却无处躲藏
一切轻浮浅薄都黯然失色
那些走秀的季节
和无处不在的花红柳绿
如火灾余烬活活见鬼
虚伪诡诈原形毕露

暴雪是从西北利亚乘着北风
纵马而来
根本不认识什么荒漠戈壁
或江湖绿洲
只按照自己的方式
铺天盖地摧枯拉朽
红门深院的骄奢淫逸
寒舍茅屋的寒碜猥琐
一样视而不见
让楼台烟树挂满冰凌

把羊群马帮赶回帐篷
相约的出行被迫改期
生活状态调换成暴雪模式

一些地方从黄昏开始
另一些地方深夜到达
对老辈人来说
今夜有暴风雪已编成故事
如岑参笔下的胡天八月
也有人寒江独钓标新立异
制造一种画面
但都经不住时间的肃杀

暴雪是清醒的
它不会长留天地
告别寒流拨云见日
它要为春天打开大门

2016 年 12 月

在雪一方

在阳光的后背猛击一掌
是谁的手印
让空气疼痛痉挛

如果没有雪
算什么冬天

从霜降到大雪
季节在轮作中收官

把所有黑夜都变成白夜
把所有黑暗都变成雪片
有厚度有长度
经历过青春期的温婉
其实就是一些绿叶
换一种方式过年

但我还是不解
你那里下雪了吗

这个问题
一直没有答案

2016 年 12 月

微信年代

（08）

雪
信

在世界范围
这场雪无可挑剔
从阿尔卑斯山脉
到内华达州
从大兴安岭到闽北台南
以北风的带宽
海量下载
一片一片
重重叠叠地表白
哪怕是冰冷的年关
都能焐热

六角的小花
不断复制渐渐坐大
开满空域
落到实处
断开往昔的精彩
封存地上的奢望

因此

我忽然想起
那天你离开后
我大脑一片空白
使我至今
一直滞留在雪地里
抚摸胸口雪片的划痕

2016 年 12 月

09

雪
誓

把心拆分成
夜的长度
等待你最后的停泊
融化你
是我预热的愿景

你是从雨中走的
你打着蓝色的伞
你离开时回望了我

因此
我在树下
我在巷口
我在十万大山后留守

我可以被删除
我可以被雪藏
我愿意变成像你一样的晶体
填充到你走后的每一个夜晚

但这是不可能的
所以
在你到来之前
我总是一扇关不紧的窗户

2016 年 12 月

微信年代

坐实元旦

今天真是元旦
人到得早
心来得晚
一半延误在去年
一半越界到明天

今天真是元旦
人人都貌似悠闲
其实也有点忙乱
嘴里要说些节日祝福
心里还想着娘做的手擀面

今天真是元旦
虽是一天却是新年
抻不长缩不短
任性地睡放肆地玩
人在哪里没人管

今天真是元旦
那些陈年旧账已经扎了

全世界的日历也都翻篇

活着就有好运

日子就是年钱

今天真是元旦

祝你吉祥平安

2017 年 1 月 1 日

11

共享单车

扫码，开锁
归还，确认
期间任你骑行

物联网时代
流行平台捆绑
完成身份认证
就拉长了生活半径

不问出身不论贵贱
付费骑车简单易行
功能性限速拒绝飙车
协约和规则不允许私藏乱停

大街小巷众人分享
每次启程都向着远方
心中有爱路上有景
单车承载城市文明

2017 年 3 月

金箔酒

是的
它能把自己薄到极致
蝉翼和肥皂泡
都不能形容它的薄

拒绝触碰
必须用嘴巴呵吹
唯其如此
它才那样富贵

一片一片
一层一层
把人间宫殿装饰得
金碧辉煌
让千年佛佗普照佛光

烟嘴和筷头已司空见惯
阅尽人间春色
它最知道自己的含金量

现在
它把自己变成无数的碎屑
在 53 度的烧酒中翩翩起舞
如果你喜开尊口
它便与你
心心相印共诉衷肠

人体缺金后就容易惊恐抑郁
它要植入你的血液
滴灌你的心田
它要硬化你的骨骼
下沉你的浊气
装饰你的魂灵

这是无法抗拒的诱惑
你喝，还是不喝

2018 年 10 月

乾陵无字碑

确是无字丰碑
确是无字天书
读不懂道不清
却是栉风沐雨耸立千秋

世间文章不全是文字
天下丰碑高不过浮云
日月阴晴无言以表
天地乾坤无言以表
皇权君臣无言以表
社稷安危无言以表
宫斗奸邪无言以表
苍生甘苦无言以表
儿女情长无言以表
生死幻灭无言以表

沉默不语
任由评说
见过了听过了乐过了疯过了哭过了痛过了
侍奉了帝王养育了帝王做了帝王

每一个辉煌都是血泪一场

做才人做成了皇后

做皇后做成了女皇

三千年读史

有几段掩卷沉思

五千年文明

难忽略这座山岗

一山双峰以历史的高度

国无二主却有二圣临朝

谁道无字谁信无字

晨岚夜幕是文字

月斜日昃是文字

风雨霜雪是文字

泥土尘埃是文字

山形是文字

水脉是文字

高度是文字

深度是文字

过往是文字

未来是文字

慨叹千年

疑惑千年

骂名千年

功德千年

徒叹石碑空无一字

岂知功过自在人心

2019 年 7 月

⑭

关于嘴巴

（一）

勿须感谢亚当夏娃

也别迷信伏羲女娲

历经亿万年戮力进化

人类获得称心如意的嘴巴

人均一张，量身定制

实用至上，无关身价

小到一寸，大到半拃

位置适中，功能强大

古往今来，上下四方

嘴巴一张，统统装下

（二）

嘴巴喜好吃喝

那是一种生理自觉

大碗喝酒大口吃肉

美味佳肴尽情享受

忍饥挨饿生不如死

酒足饭饱万事不愁

有人吃喝为了维系生命

粗茶淡饭，箪食瓢饮

养家糊口，为稻粱谋

有人吃喝多是猎奇炫富

人参燕窝，飞禽走兽

珍馐琼浆，不一而足

"吃货"苏轼

日啖荔枝三百颗

自笑平生为口忙

诗仙李白

号称斗酒诗百篇

月下独酌且歌舞

自食其力

汗水换来五谷香

不稼不穑

声色犬马必淫腐

吃相难看

是说行事有失风度

吃不了兜着走——

江湖上混，切莫大意湿底裤

如果说眼睛阅尽人间春色
那么嘴巴尝遍世间百味
生活无非酸甜咸辣苦
只有嘴巴能够回答什么是幸福

（三）
嘴巴用来说话
那是独家绝活遗传密码
谈天说地，唠嗑拉呱
明星绯闻，街头八卦
真话好话私房话
假话废话客套话
闲话笑话粗话疯话
脏话坏话丑话鬼话
和言悦色，定是心中充满阳光
见多识广，才知怎样好好说话

三缄其口，并非无话可说
张口就来，常是自吹自夸
油嘴滑舌，人必敬而远之
谈吐不凡，方有气质高雅

地位决定嘴巴
权贵政要一言九鼎

呼风唤雨不在话下
身份决定嘴巴
黎民百姓人生多艰
柴米油盐婆婆妈妈

职业决定嘴巴
有道是干什么吆喝什么
财富决定嘴巴
岂不知财大气粗嘴大话大

知识决定嘴巴
才高八斗方能
妙语连珠口吐莲花
性情决定嘴巴
纳口少言或心直口快
同样的内心坚守
不同的唇齿表达

(四)
嘴巴有情有义
嘴巴爱憎分明
嘴巴一诺千金
嘴巴善变任性

嘴巴甜，甜言蜜语能融冰化雪
嘴巴乖，口舌乖巧会讨人欢心
嘴巴硬，背着牛头不认脏
嘴巴软，好汉不吃眼前亏

嘴巴交友，歃血为盟
嘴巴示爱，温柔多情
嘴巴复仇，咬牙切齿
嘴巴洗地，混淆视听

嘴巴的气节是打死也不松口
嘴巴的吊诡是口惠而实不至
嘴巴的困惑是吃不准
嘴巴的极致是吃得开

(五)
嘴巴的特长很多
嘴巴的学问很大
喂好嘴巴是经济学难题
管好嘴巴是社会学难题
护理嘴巴是医学难题
愉悦嘴巴是艺术难题

歪理邪说，常常倚重嘴巴

溜须拍马，必先赋能嘴巴
无中生有，并非嫁祸嘴巴
先声夺人，也得借助嘴巴

病从口入，人吃五谷生百病
祸从口出，言多有失常自怕
众口一词，假作真时真亦假
七嘴八舌，众口难调万事砸

用嘴巴办企业
会办成谣言公司
用嘴巴写历史
注定是野史神话

嘴巴有打开方式
否则世间没有"封口费"
嘴巴有品牌形象
"刀子嘴""炮筒子"
——嘴巴也能把人标签化

（六）
5G 时代，互联网 +
嘴巴效应，无限放大
微端留言，隔空喊话

云上争锋，难有赢家
一言不合，反目成仇
唇枪舌剑，口诛笔伐
扒粪爆料，信嘴互掐
环宇万象，雾里看花
天下大事系于一嘴
地球村里众声喧哗

嘴巴是天使
嘴巴是魔鬼
嘴巴深似海
嘴巴比天大

七十六亿人
谁不说咱嘴巴好
七十六亿张嘴
各有品位，自说自话

悠悠万事
唯此为大
善待嘴巴
善用嘴巴

2020 年 8 月

（15）

网
购

用剁肉的办法剁掉欲念
欲念不答应

便捷＋便宜＋不满意退货
貌似真的

萌萌的购物车释放诱惑
确认，付款
灵魂经不住勾引

手指已擢出老茧
哪知道陷阱多深

人类无能自控
大多时间为贪欲而生

2020 年 11 月

16

台风

你只有编号
名字不让我读懂
站在树梢上摇头
钻进水深处搓手
你兴风作浪的把式
像刚吃过独食

很难说你的本意
是一场雨
或许你从来不知道
什么叫天气
就是一些头脑发热的事
要赶工期

2022 年 8 月

晴
雨
线

有一些小雨
去年下了，今年还在下
有一些尘埃
去年压下，今年又扬起
这院子必是扫过又脏脏了又扫
这辛苦终究吃了又吃苦了又苦

这庄稼收过了再种
这鞋子穿过了又穿
这老路走过了再走
这南墙撞过了又撞

晴天忘了雨天的泥
雨天忘了晴天的堵
黑夜不懂白天的痛
白天不知黑夜的狂

生活，想怎么过就怎么过
心情，愿怎么虐就怎么虐

一切都是隐喻

人性没有逻辑

2022 年 11 月

昨晚的雪

昨晚
下了一场冻雪
降维打击苦行者的梦和归程
堕地磨擦出呼不完的寒气
无缝浇筑冻结宇宙想象
寒潮落井下石不择地生成
怀揣的体温与门楣的冰凌决不出胜负
雪霰如丛丛荆棘
在原野的胸口扫射

预报的是多云转晴
但碾压过阳光的阴云
漫过十万大山
重组成寒流
还在村口肆虐
低温如刀，转过身来
我们竟找不到屠夫

貌似洁白，貌似纯净
砭骨，暴力，封门，断路，

一场雪能阉割一切生理冲动

没有什么比今天早晨更阴冷

老人老得不敢出门

孩子摔得鼻青脸肿

原以为这个冬天很温情

可冰碴已扼住命门

为祈祷天晴

我们竟把心思挖空

2022 年 12 月

19 2022无题散

（一）

2022 第一天
户外零下 9 摄氏度
室内统一供暖

进群发言，刷朋友圈
祝贺新年，手机充电
直到深夜零点
才想起
为自己点赞

（二）

日出云海
瞬间
万千大山卸载
堆成一个平面

日子是从海底升起来的
翻年就像翻山
过去了

是不是一马平川

（三）
冰雪
把自己变成了节日
灵魂在预习打滑
勇敢者说
能让人飞翔的
是一层薄冰

（四）
两轮寒潮过后
供暖系统升温
城市变得外紧内松
许多预设
在窨井管道跳舞
人，太有能量
爆款是迟早的事情

（五）
春天真的来了
就在窗外
生活是
阳光，空气，水

今年春天

我们隆重出门

（六）

"早上好，朋友"

我喜欢这一声问候

哪怕不是原创

也不是你的原版表情

让它每天重复下去

像阳光像晚风

虽然你在问候以远

（七）

有一个早晨

你站在窗口

看阳光穿透夜空

那光芒

正变成云缝里的奢侈

（八）

说不好

雨和叶子谁先呻吟

淋湿地上的牵牛花

便起身远行

这时候

世界才八面来风

（九）

花，以香气和色彩

行走出远方

生活，是一件陶瓷花盆

除了盛水

不知道该怎样

打理日子

（十）

痛苦

从来都不认输

与命运过招的手

把时间作为支点

只有早起与晚睡

才扳回一分

（十一）

远行

一百遍地重复

都不会厌倦

因为

他喜欢纵情归来

（十二）
窗外
一直是没有剪裁的情绪和噪音
树把鸟儿惯坏了
它们撒娇互动的样子
与爱无关
与阳光无关
与高原天气相关

（十三）
一大早
小商贩抢占人行道
城管穿着制服巡逻
街道熙熙攘攘
人群摩肩接踵
久违了
其实
生活就要个烟火气
日子不外乎起早贪黑

（十四）
祈祷吧

一株风必摧之的胡杨
断桠枯枒蜷伏倒地
背脊拱向苍天
全身皮开肉绽
只比流沙高出一米
无所谓生死
这样的姿势
就叫顶天立地

（十五）
驴打滚
这种事情
没有什么悬疑
你问问驴便会知道
它推磨转圈的年代
有一种算法文明
叫驴打滚

（十六）
一只羊
遇见了刀子
它是被挂在树杈上宰割的

宰羊是一场大戏

羊自己一直看到谢幕

也没有流泪

挨过鞭子的羊

有面对

刀子的倔犟

（十七）

骏马奔驰

把草原窜红

我去过伊犁河谷和那拉提

不放马过来

心情就是绿色的空洞

（十八）

有一天

我们拥有大雪

拥有到白雪皑皑

有一天

我们拥有大雨

拥有到雨打黄昏

然后

连续多日

我们拥有子虚乌有

落地的血渍
一风吹过
从头开始
我们拥有一堆柴火

（十九）
霜降于夜空
门楣上冰凌花开
能听见文字敲打窗户

鸟儿登陆屋檐
翅膀在笼子里重启

给自己种一些风景
哪怕孤独终老

（二十）
打坐在你对面
像一刀拉开的土豆
全身渗透淀粉
又像剥开的豆角
内核是可以吃的
生活中

我们只在乎伙食

（二十一）
哪座山不裂开沟壑
沟壑纵横如山花烂漫
哪个嘴巴不大于高山
山重水复吞云吐雾
阳光出来
全世界都是阴阳脸

（二十二）
扫码时
看清了你眨眼的样子
扫过一对二维码
便进入社区

任它预警系统自动开启
熟悉的楼道和门牌
都不设防

因为第一针就产生了抗体
现在我们都自由出入
复盘肌肉记忆

（二十三）

十字路口

有一个红灯就是过不去

路口右边

树下的雀儿

不停地起落翻飞

这些鸟

根本不知道

有的人需要急诊

（二十四）

早晨无预约起床

晚上又独自吃饭

重要时段

照例加班

开会，说话，信誓旦旦

没什么进账

有一些笑谈

（二十五）

远处的蜡烛只管自燃

影子里

我们与星星聊天

有些故事一版再版
有些故事
在月亮旁边

（二十六）
一直没有俯瞰过你
这是我
对一座山的亏欠
平视是一种习惯
仰望是一种姿态
俯瞰
我怕跌落于你的
低处
那里是万丈深渊

（二十七）
斑马线刷新了
人流抵住了车流
现在全世界都追逐
流量经济
红绿灯
睁一只眼闭一只眼

（二十八）

我们同时推开窗户

一排朝东的目光

同时看见日出

然后

我们做颈部操

没有不可能

傍晚

我们引颈向西

（二十九）

脚步被计数以后

年龄有了尺寸

谁是命运的强者

能旋转 361 度

一夜醒来

浑身肉麻

（三十）

我们就是那些老辈人

是沙拐枣

是野胡扬

有许多想法

但终归老了

风干是必然的
谁也不会例外

（三十一）
像松鼠一样穴居
经略日子
双腮囤积居奇
行走于树杈
和崖壁一带
按照时空编程
构建操作系统
一切在命中注定
最大高程是自恋

（三十二）
泪目时分
我们想起了
干电池洗涤液
火柴棒卫生纸
想起了牛奶面粉糙米
想起了楼梯门禁和院子
会意和象形
进入模糊高潮
文字已不能思考

时也运也命也

（三十三）
关闭门窗——无关空气
关闭水阀——无关生命
关闭电闸——无关能源
关闭群聊——无关内心
手中有开关
哪怕一关了之

（三十四）
高楼独立。马路清空
街巷幽深。商城诡魅
电动车轮休，烧烤摊午睡
的士放空，药店关门
生活皮肤平淡无奇
一切都在阳光下活着
只有日月星辰起早贪黑
但他们不知道该说些什么

（三十五）
不慎失手
打落酒杯
我们赶紧说碎碎平安

退一步海阔天空
像小孩子说的
不和你玩

（三十六）
一张嘴巴
一打口罩
实用且富于想象
戴与不戴
嘴巴说了不算

（三十七）
日子
给自己戴上花冠
每一天都像新婚的样子
风雨雷电亦非悲情
每一滴眼泪都是哭嫁

（三十八）
夕阳西下
大地闭上眼睛
生活像夜色
从皮肤植入
河水泱泱，月光飒飒

一天的风吹草动都紧贴胸口
心中别有一殇

（三十九）
从某一天开始
我们学着休眠
一日三餐加子午觉
牛奶鸡蛋拿铁面包
准备躺下或者坐立不安
没有持续不变的情绪
窗户敞开听鸟儿私语

（四十）
近期
常常把灵魂装进外套
挂在衣架上
然后穿着拖鞋走出家门
办理一些不用脑的事情
归来时竟懒得相认

（四十一）
风一直不离开叶子
因为它迷恋叶子的舞蹈
叶子见风使舵

因为它喜欢发声
只有树根度日如年
因为它知道
这种日子没完没了

(四十二)
再次囤积物品
牛奶鸡蛋
蔬菜米面
油盐酱醋火腿肠
口罩纸巾洗手液

开始惦记生活
怎样出门
如何回家
日子怎么过
亲人都在哪

开始安慰朋友
平安健康
多多保重

开始警告自己
闭嘴

听话

(四十三)

小区民警反复提醒

警惕网络诈骗

骗子的手段

并不高明

先是冒充防控工作人员

谎称你的健康码存在异常

要求去公安机关核查

然后就是诱导至线上调查

接着就发现你有异常经济交易

怀疑与一起洗钱案有关

最终你得消财免灾

——这套路谁不清楚

可很多人还是上当

(四十四)

小时候

老听大人骂小孩

嘴硬

长大了发现

嘴硬

是一种遗传病

（四十五）

昨天今天明天

到底是哪一天先到

为什么人们总认定

明天会更好

（四十六）

时近隆冬

每天早晨都有霜冻

寒流冰雪

轮流在头部拉练

季节暴虐无情

人类无能为力

任由百花凋零

（四十七）

突然，脑袋发热全身发冷

左邻右舍串门伤风

数九寒天时令冬至

年终岁尾，奇迹就这样发生

（四十八）

这一年，你在何方

你可知道
这一年
是几个 365 天

炎夏比炎夏烦闷
寒冬比寒冬漫长
俄乌战争咽痛之殇

世间万象魔幻疯狂
爱与泪时空伴随
灵与肉百炼成钢
2022 这一年
你在何方

2022 年 12 月

第三场雪

是谋划过的
第三场雪
并非从天而降

我知道她从哪里出发
我迎她到路口到河边
第三场雪从脚印一直下到门楣
第三场雪从窗棂一直下到书案
是属于自己的风景
没有人能够拒绝

雨，拉练久了成为第三场雪
云，阔别故乡成为第三场雪
古琴崩裂时成为第三场雪
月光独处时成为第三场雪

第三场雪遗世独立
她的名字叫阳春白雪！

2023 年 2 月

叁

江河同春

JIANG HE TONG CHUN

① 梅花山写意

当你到来的时候
梅一定是开了
你是带着判断和预期来的
你就是想在树下走一遭
想把自己放在画面里重生
然后把冬季凋零的日子删掉

当你经历过了树的落叶草的枯萎
梅树下的你才变得优雅和从容

一树红梅一树火
一树白梅一树雪
万树千姿漫山粉彩
红男绿女恣肆贪欢
但你始终盯着一朵花儿
你透过斜阳看到她的瓣数出她的蕊
看到一个世界和一片亮色
你会开启自己的嗅觉
抵进她的芬芳

于是你已与众不同

你有了回味和享受

你已潜回一种意境

比如这朵红梅现在正向你缓步走近

顾盼生辉风情万种

似乎你知道她苞的羞涩

绽的放纵

以及她的体温香型和一树春潮

而她的婀娜身姿正如眼前这株垂枝梅

枝条倒垂花萼沾露冰肌玉洁

让许多素白台阁也相形见绌

至于那株宫粉梅

可能就是传说中的别角晚水

三叠四十五片花瓣举世无双

典雅华贵香气袭人

一如雨中虹彩横空颔首

而她惜春开怀的样子够你沉醉半晌

梅花的背影你也是熟悉的

那是从冬上溯到秋到夏到春的不得已远足

是从早晨回放到半夜到黄昏的未解柔情

是她离开后你心中所有的暗香浮动

因此

你来到钟山深处

来到梅花山

按照自己的预期来看梅花

2017 年 2 月

02

茂陵石语

谒茂陵霍去病陵园石雕（4首）

（一）马踏匈奴

你用二十四岁的青春
定格了一个姿势
马踏匈奴

踏住他
看他仰面挣扎
听他不停喘息

踏住左手的弯弓
踏住右手的箭
踏住咽喉
踏平漠北河西
踏破鄢支山

2000 多年了
完胜的造型
没有改版

2018 年 5 月

（二）跃马时代

四蹄腾地

登石发力

这匹汗血宝马

必是国之重器

边声连角

故垒烽烟

车辚辚，马萧萧

兵车又过咸阳桥

从大国工匠手中起跑

为马上天下塑型

腾跃只为速度

目标就是沙场

天马行空风驰电掣

昂首嘶鸣万里关山

这是一个战马赋能时代

马背上

大司马骠骑将军

率队西征

2018 年 5 月

（三）卧牛之笑

听说你卧进茂陵

就一直是笑着的

仔细端详你真的在笑

嘴角上翘目光温和

卧姿放松气定神闲

陪伴在马踏匈奴身旁

你是笑着的

望着霍去病战车归来

你是笑着的

生在大汉天朝

你是笑着的

你一定是五陵原的本土黄牛

你或许刚卸下犁铧

卧下来小憩

你一定是关中牧童胯下的黄牛

背上披着的鞍子

或许就驮着他们的诗和远方

如今你还在那里卧着微笑

但谁会把你只看成

微笑的石头

2018 年 5 月

（四）永远二十四岁

你的生命只有二十四岁
是教科书告诉我的

你的生命已二千一百五十八岁
是这群石雕告诉我的

你留下的话只有八个字
匈奴未灭何以家为
这是刻在我记忆中的千古名句

奇功盖世黄土一抔
这是十八米高的陵冢前
我仰你一生的涕泣

我曾在金城五泉山上
抚摸过你西指的铜像
我曾在河西走廊
去寻找你射出的箭簇
六征六捷克敌服远
纵马祁连封狼居胥

此刻，站在少年将军面前
才知道生命的长度和厚度
真的可以与日月相长

2018 年 5 月

03

看见兰州

那些斑驳的山体
或已无法修复
沟壑拉伤的裸露
救赎我的记忆

蜿蜒山脊像额上的青筋
一直颤抖到手指
剥开皮肉看见骨髓
看见细胞看见基因
先驱者的沧桑
似上古粉尘还在飘
每一步都能踩到黄土

划破揉碎皴裂
褶皱扭曲焦虑
经历过多少地质年代造山运动

盛唐时代
先贤便天才地发现黄河从天而降
李白看见它的奔跑它的冰期

由此向前
元代白塔自己长高敲响晨钟暮鼓
金城关腰牌捆绑章草汉简
霍去病长鞭戳出五泉饮马西征
丝绸长安来
驼队出阳关

更早些时候
天倾西北水注东南
光着身子走出洪荒
和大禹一起导河积山
因此兰州成为九州中心
成为全世界最深厚的黄土堆积

看见兰州
看见兰州
我一百遍地看见兰州
仿佛是初见
抑或是初恋
二十年刻骨铭心的别离
二十年分分秒秒的看见
从大脑沟回到记忆中枢
从心脏瓣膜到胃觉体感

兰州牛肉面千抻百拉
断然甩进沸腾的黄河波涛
这神来之笔让兰州盆地莫名灼烫
而那浑如面汤的黄河
终归奔流到海不复回
让万山圈子一山拦住一山放

还有一些叫做
灰豆子甜醅子酿皮子的尤物
在街头小摊大行其道
把童蒙乡愁夯进年轮
至于日食月晕
人间磨难高原反应
有南北两山扛着
当然不会让天塌下来
而俗世的一切欲念和风情
都在黄河两岸变现

最奢侈的是蓝天白云
让土著居民别无所求
夏日的清凉
也已备份在恋人手中
刷屏朋友圈

其实对于我来说

看见兰州

就是看见博物馆里黄河古象

看见新石器时期马家窑尖底彩陶瓶

看见白塔山碑林张芝塑像草圣墨痕

就是登上九州台

戴着白色手套拿着放大镜

翻看文溯阁四库全书

就是在黄河水车下

淋湿衣襟推动磨盘

在我眼里

兰州是万里黄河的四维趸船

是宇宙的中轴线

现在

我每天的早读

就是抬头仰望南山三台阁

享受这尊横空出世的活佛

摸顶苍生

而我胴体的快感

就是置身于黄河风情线

就是激流飞渡舍筏登岸

实现灵与肉的抵达与招安

看见兰州

看见兰州

这是他乡游子的宿命

这是皇天后土的百年守候

2018 年 7 月

微信年代

04

黄河涨水

这个夏天
黄河上游多有汛情
貌似甘霖的雨水爆发为山洪
千山万壑洗劫一空

这个夏天
是黄河贴膘的季节
吞噬了形形色色的
小河溪流沃土泥沙
便水体膨胀波涛汹涌
那些冬春季节
干涸萎缩扭曲抽搐的身影
恍若隔世

这个夏天
兰州黄河涛声震天雷霆万钧
岸边的鹅卵石统统失身
7号游船码头被淹
羊皮筏子停摆
水车伤水失能

这个夏天

黄河浊浪排空摧枯拉朽

色赤气扬咄咄逼人

水位一米两米不断升高

岸线十米八米一再宽延

每一朵浪花的跳高

都是对高程的鄙视

每一波洪峰的演荡

都有对岸线的诉求

天地万物事理相通

江河水满必然横行

黄河汛情是个定数

但这个夏天却与众不同

2018 年 8 月

我想藏在扎尕那

叁

江河同春

我想藏在扎尕那
让全世界都不知道我在哪

　　　　　　——题记

拐过十八道益哇河湾
穿过五十里高山石峡
推开神话中的纳加石门
来到神秘的扎尕那

扎尕那是一座天然石城
又像个方方正正的人工石匣
四面峭壁鬼斧神工
藏寨佛寺风景如画
有人说它是世外桃源九色香巴拉
有人说如果创世纪的作者到过这里
亚当夏娃的诞生地一定是扎尕那

夜晚星空像穹顶
雨后彩虹石崖挂
一山风景看四季

七月才开油菜花
喘气就是深呼吸
睁眼就是看壁画
棕熊雪豹常作客
野鹿盘羊自当家
植物天堂有大数据
动物王国有名片夹
森林雪山最诱人
登高探险玩童话

扎尕那的奇幻勾人魂魄
扎尕那的美艳撩人犯傻

我想藏在扎尕那
把外面的世界都放下

我想用三天时间在扎尕那修行
请拉桑寺和尚给我讲经说法
我要清空自己从零开始
在这里读一天佛经
做一天法事
转一天经筒
再访问一位磕长头的老阿妈

我想藏在扎尕那

让全世界都不知道我在哪

我要断网关机屏蔽朋友圈

把自己挂失三个月

专心致志写诗作画

把东哇村写成诗行

把业日村画进唐卡

在达日台观景写生

在仙女滩采风骑马

给谷底的益哇河拍一段抖音

把远山的措美峰搬上画架

白天有空就浪山放羊喝奶茶

晚上便围着篝火唱歌跳舞吃糌粑

我想藏在扎尕那

全世界再乱也不管他

我要学会犁地推磨打连枷

跟着扎西卓玛种三年庄稼

浅山种满青稞玉米和大豆

深山拣来香菇木耳和蕨麻

游牧农耕物阜民丰

狩猎樵采生活百搭

百年藏寨自给自足
山外朋友要啥有啥
川普爱打贸易战
就让他打去吧

我想藏在扎尕那
哪怕全世界都找不到我在哪

2018 年 8 月

膜拜阿万仓

跟着扎西的羊群
听着卓玛的欢唱
走进高原湿地
走向阿万仓

激情随海拔升高
视线被天际线拉长
攀过长长的贡赛尔喀栈道
登上高高的湿地山岗

周遭世界一望无垠
白云蓝天辽远透亮
湖沼如镜溪流遍野
花香四溢满坡牛羊

从未看到过的博大
不曾想象过的宽广
经幡上挂着生活的多彩
红房子装满牧人的梦想

美丽草原人间仙境
阿万仓是藏家的诗和远方

海拔高程三千五百米
黄河首曲四百公里长
若要领略黄河第一弯的风流
就要走进阿万仓

中华水塔湿地之冠
万顷碧溪源远流长
贡曲、赛尔曲、道吉曲
三水归一
黄河平添四成水量

补充了给养
强健了筋骨
长成了大人
学会了担当

百折不挠
像十八岁的扎西一往无前
哺育万物
像花一样的卓玛慈爱善良
从雪山乳汁到草原碧波

从涓涓细流到大河巨浪

发源于青海成河于玛曲
阿万仓是黄河举行成人礼的地方

桑台摩天桑池深深
贡赛尔喀披上万道霞光
年轻的扎西登上高台
煨桑献供祈福安康

桑枝柏叶高高垒起
煨料藏香轻轻捧放
五彩飘带覆盖桑堆
天地风水土五方呈祥

清水浇桑除秽净手
燃起桑枝焰高火旺
糌粑糖果炒豆青稞
美味香茗人神共飨

撒一把风马飘向云天
唱一曲藏歌倾诉衷肠
左三圈右三圈虔诚走心
登高煨桑寄托藏家的梦想

让每一片草原草盛畜肥

让每一条河流向黄河流淌

让每一个卓玛像格桑花一样美丽

让每一个扎西像英雄格萨尔王

这里是阿万仓

这里是我顶礼膜拜的地方

2018 年 8 月

07

甘南草原：一个尊重垃圾的地方

城镇街巷
草原牧区
四万五千平方公里的甘南大地
"全域无垃圾"

无垃圾乱倒
无粪土乱堆
无人畜混居
无粪便满地
天蓝水碧牛羊肥壮
鸟语花香游客云集

这是藏家圣地的划时代之变
这是对梵天净土的最高礼遇

持续三年抓铁有痕
全域七十多万人共同参与
现代文明破窗而入
环境革命史无前例

叁
江河同春

145

改善人居环境
先解决垃圾问题
提升幸福指数
先解决垃圾问题
促进经济发展
先解决垃圾问题
打造藏区文明
先解决垃圾问题
脏乱差不是良好传统
坏习惯必须断然祛除

让风中不飞出一片纸屑
让路边不掉下一块果皮
让每一个身影都愿为垃圾弯腰
让每一处角落都可以大口呼吸

根除白色污染
剿灭垃圾围城
大张旗鼓限塑
轰轰烈烈治污

村寨垃圾自觉归位
草场得以保洁护理
人畜厕圈达标改造

自家院落监管有序
街道马路实行"三包"
公共空间责任清晰
无死角乃是官员的军令状
常态化检验政府的执行力

铁腕整治铁面问责
义无反顾一抓到底
不许无视和践踏垃圾
必须尊重和善待垃圾

心有所托身无纤尘
梵天净土精神高地
——甘南草原
全域无垃圾

2018 年 8 月

08

吃一碗兰州牛肉面

请给我再煮一个回合
给我这碗面
再来一次波涛汹涌的渲染

我欣赏大铁锅的夸张
一把面非得一黄河的水
才能煮出有定制的口感
肉炖一夜，汤熬百年
面，就煮它个地覆天翻

味觉兴奋从揉面团开始
壮如牛犊的抻面小哥
揉捶摔打，噼啪有声
让高大如山的面团
即刻遵命，不再懒散

视觉经典在于拉面过程
那一拃长的柱状面段
三挦二捏
赋能一种它听得懂的语言

于是千抻百拉纹丝不乱

长如日子韧如江山

韭叶二细荞麦棱

万头攒动中

拉出你的意愿

然后一猛子扎进深流激湍

三翻六转惊涛拍岸

不身经百战

你就读不懂一碗面的出生入死

火海刀山

捞面是必盯着的

轮到你，你才能大胆放言

蒜苗多一点

香菜多一点

辣子多一点

碗大汤宽，肉蛋双飞

置身心灵原乡

就这样任性贪婪

现在兰州城少有人

蹲在门口过瘾解馋

可就算室雅人稠

我也是大口地吸滚烫地咽

和过往的日子"纠缠"
谁在乎所谓的优雅体面

——娘啊
吃完了这碗面
儿又去
闯——江——南

2019 年元月

09

黄河冬泳

雪飞云卷，北风猎猎
踏破岸边冰碴
以原生态胴体试水
把遮羞之物剥得精光
搏水戏浪，遍体鳞伤
冬泳，比游戏疯狂

俯仰蝶蛙酣畅淋漓
然后屏住呼吸咬紧牙关
任灵魂的余温被极限压缩

时间和耐力都在叫停
岸上的看客
却让他欲罢不能

叁 江河同春

2021 年元月

黄河水车

湍急的水头
猛烈打来
七十二个水斗柔性吞吐
像塬上拉水的牛车
爬坡过坎
让东去黄河分身他顾

车轴吱吱呷呷
每一斗水都决意吃满
车轮摩天旋转
黄河与水车相遇
行走出另一条流水线

换一种方式奔腾
换一种思维汹涌
撞击，碎裂，毁灭，涅槃
改变跑道，再造流程
曲折跌宕中演绎水位跃升的快感

站在岸边

眼前日月轮回
水车扬起的溪流
顺着渡槽绕过头顶
淙淙走远

从未想象过
水车是如此匠心而神奇
体态龙钟，踮步苍颜
却把九曲黄河牵上旱塬
润泽十里山乡
圆梦万家甘甜

于是，我追怀那位嘉靖进士
——他的名字叫段续
一生做官南方却情牵故里
告老还乡后
研制黄河水车
造福黄河两岸

2021 年 2 月

（11）

黄河铁桥

最能定格 1909 年的靶向时间
唯一活在黄河胸脯上的一堆钢铁物件
无论我们怎样完美地想象
都不能解构它的承载和内涵

那个时候
先辈就和德国人打造世纪工程
大江大河上架一座铁桥
通向西方的距离有望缩短

波涛之上是爷爷们甩辫子挥汗的倒影
马褂西装与打桩机一起夯实梦幻
把六座桥墩扎进河床
让五大桥拱勒住两岸
十六个月工期
三十万两白银
一举完成与羊皮筏子的使命承传

注定是百年后的一道历史坐标
桥墩的埋深

微信年代

桥拱的跨度

桥体的长宽高

和桥上桥下的百年流量

都会有算法新闻记载还原

还有那"包固""赔修"八十年的霸气合同

至今让人感慨赞叹

哪怕河水涨发

哪怕冰水开河

纵使蛟水神力，风雨雷电

只因了信义然诺钢铁品质

一切险要都压不垮桥面

世事沧桑时代巨变

如今的我们总算读懂了从前

天下黄河第一桥

以桥梁的名义

打通金城关

铁心出阳关

2021 年 2 月

46：一个过命的数字

喜迎党的百年华诞
我掐指算起了自己的党龄
从 1975 到 2021
我入党整整四十六年

是 1921—2021 中的四十六年
我与百年大党血肉相连
是生命觉醒的四十六年
我以中共党员的名义走过万水千山

一天天一年年
党是阳光为我健骨补钙
一年年一天天
党是雨露把我灵魂浇灌

在党四十六年
我该是怎样的自豪与光荣
跟党前行
风雨兼程一往无前

信仰融入基因，
宗旨长成年轮
七月一日
是我另一个生日
无产阶级先锋队——
我的生命具有政治内涵

拥护党的纲领
遵守党的章程
入党誓词我背诵过无数遍
懂得了纪律懂得了秘密
我知道右拳的举起
是何等神圣庄严

理想和信念历久弥坚
权利和义务终老不变
党旗在前引路
党徽别在胸前
四十六年党龄，一个过命的数字
我骄傲，我是一名中共党员

2021 年 6 月

⑬ 兰州『黄河母亲』雕像

那一年
黄河从黄土高原一笔勾过
兰州城因此一划开天
这是古城永恒的胎记
虽然年代久远
但兰州人懂得饮水思源

那一天
有人来到古渡口
想到对岸去相亲
水急滩险
就扎一架羊皮筏子试水
终于心想事成
于是老一辈兰州人
都有玩羊皮筏子的习性

高处的庄嫁干旱枯死
黎民百姓盼水若渴
有个叫段续的人
供职南方

告老还乡后发明了黄河水车
东去的黄河
被一斗一斗地扯进了庄稼地
此后五百年水往高处流
黄河水车成了兰州的文化地标

隔河如隔山
渡河如渡鬼门关
明洪武年间
兰州人捆绑二十五艘大船
建了座黄河浮桥叫镇远
1909年西方建桥技术传到兰州
德商泰来洋行
在白塔山下建起黄河铁桥
现代亚欧文明一桥贯通
如今黄河铁桥的朋友圈越来越大
几十座新桥鳞次栉比

兰州黄河，养育着无数儿女
兰州黄河，给了兰州一切
岁月悠悠
但黄河依然年轻
于是有一位美丽的母亲
照着自己和怀中的婴儿

雕刻出一尊石像
名叫《黄河母亲》

现在我们看到的黄河母亲
是那样美丽，是那样年轻
可是当年她使出了多大的力气
才在黄土高原的沟壑梁峁间
拉出一道弧线
淤出一片平坦
然后把兰州安顿下来

黄河母亲长发飘飘
黄河母亲奔波不停
慢慢地，无数孩子
在母亲怀里长大
于是他们渐渐明白
黄河，是兰州的一切
母亲，是兰州的黄河

2021 年 6 月

14

黄河黄

就因为那种
无边无际的黄
波涛滚滚的黄
一泻千里的黄
摧枯拉朽的黄

就宁愿跳进去随波逐流
把自己连绵成击岸的浪
锤打千年
成为有体温的泥沙
醉生梦死痴迷情狂

其实不限于一条河的黄
不限于黄河的黄
你可以任意构想
那是一部通史的底色
一个族群的基因
像水一样流过
一万个人看到一万种黄
一万里山河一万里黄

比如，那连绵不绝的群山
把色温加厚加长
比如，那黄土塬上的窑洞热炕
着色的深度穿透千皱百褶的沟壑峁梁
还有黄土山坡上六月的麦浪
和那一群抢收庄稼的臂膀
一种图腾色素的沉淀
一种流淌不尽的沧桑

就因为那种
吞吐山河的黄
抒情写意的黄
前拥后抱的黄
流连忘返的黄
从天而降的浩浩汤汤
排山倒海的荡气回肠
躬耕的汗水
犁沟的泥浆
还有远方飘来的一点点沙尘
裹着先民的思想流淌
有动感的色彩
有色彩的温度
有温度的重量

有重量的音响
有音响的奔跑
有奔跑的想象

就从三江源
到入海口
一以贯之纯粹绝伦
黄河黄，黄河黄

/2021 年 7 月

大
写
兰
州

楼群，能把南北两山剪切成画片
天空，有个专利名字叫"兰州蓝"
黄河，往朋友圈灌水
街巷，总有些异样的暗恋

没有人穿针引线
你也能爱上黄河风情线
百年铁桥走进学生论文
她摇身一变成了媒介空间

水车的水高不可攀
龙源的龙把文脉承传
最撩人的是兰州莎莎
每个人都有选美的打算

大清早待客咥一碗牛肉面
半夜里嘴馋烤几把羊肉串
炎夏七月自有黄河降温
寒冬腊月全城统一供暖

兰州的饭局只有开局
兰州人喝水只喝"黄河源"
兰州读者只读《读者》
兰州人给《四库全书》修了个宫殿
触摸过二百万年黄河古象
收藏有五千年彩陶罐
书架上摆着马踏飞燕
跟兰州人聊天
总觉得辈份太晚

九州台是九州的 C 位
大禹导水积石
分天下为九州
正是在这里擘定方案

金城关是汉代的雄关
不留下买路钱
即便你是王维
也看不到盛唐的大漠孤烟

两山一河蕴万千气象
鱼跃龙门是兰州的地形特点
万山下套，锁不住兰州风骚
东进西出，一路杨柳迷人眼

黄土堆积是兰州的外观
风月无边是兰州的内涵
黄河之滨也很美
一写一咏一快然

2022 年 6 月

（16）

黄河儿女兰州娃

随便谁家的娃娃
提个水桶拿把小铁铲
就可以在黄河滩涂玩泥沙

撅着屁股从河里舀水
光膀子挖坑和泥巴
双手垒出一座城堡
方方正正，高高大大
城池炮楼像模像样
街衢市井四通八达

大片大片的沙滩水岸
一年四季人潮不退
娃娃们像羊群一样
撒欢斗乐扎堆滚打
戏水玩沙过家家

胆大的男孩别出心裁
跳上羊皮筏子击水冲浪
炫耀年华

胆小的扔石子打水枪
三五成群各有各的玩法

黄河流到兰州
就流出了城市烟火气
就流到了玩水娃娃的脚下
娃娃们长大后
就是黄河儿女
没在黄河边玩过泥沙
你就不是兰州娃

2022 年 8 月

17

陡门口蔬菜+

这几畦散种的蔬菜
在两条小狗的旺旺声中
让园子的年景绿格茵茵

碗口大的莲花白
紫绿包皮松散率性
虫眼和日晒雨打的斑点
不规则分布
身边是茼蒿西芹芫荽
高低粗细随心所欲
没有化肥农药催肥的样子
这就是传说中自产自食
掐一把就尝的下饭菜

抬头是一树柿子
转身是滨水栈道
两条小狗＋几畦蔬菜＋一树柿子＋滨水栈道
半人高的铁栅栏像括弧
把外人隔开
坐拥一幢白墙灰瓦小楼

匹配一个美丽乡村名字

孩子们占据稻田边的观光场地
在两截甘蔗上运输胡萝卜
游戏方式和输赢都不重要
自顾自地玩耍
让大人心安
游人忙着拍照自嗨
菜园和稻田成了朋友圈的背景

这里是湖熟水乡陡门口
半水半岸的村庄
半黄半绿的稻田
半生半熟的游客
半忙半闲的幸福生活

2022 年 11 月

秦淮源，赏湖熟菊花展

溯流而上
水中央
游船讲述秦淮八艳的传说
那些久远的怜惜
宛如一朵花儿
转眼间
绕过东山再起的故事
落在秦淮原乡
水岸边
菊花遍地，别是一番风景

百里秦淮
参差十万人家
晚秋时节
或到夫子庙前再伴桨声灯影
或来秦淮源头独赏湖熟菊花
一条河流
两处打卡
中间是穿越时光的魂灵

鲜切，盆景

观赏，茶饮
眼前这悠然的盛开
惊艳秦淮河岸
开出霓虹彩霞
开出"黄绿天赞"
开出"紫松月""白飞舞""威尼斯"
开出七十二变的专利数
开出举世无双的种质群

粉黛流金，香远溢清
贵为秋菊风月无边
万紫千红中
有一片"秦淮春雪"
洁白素雅，花团锦簇
落花飞雪般绽开似水流年

柳如是尺牍风流
李香君桃叶泪别
三百年前的名媛佳丽
让人空叹
美人秦淮两相宜
春光秋色皆是缘
只愿人淡如菊
任秦淮洗却百年铅华

2022 年 11 月

19

烟火老门东

仿照六朝古都的样子

明城墙下

掀开一片往日时光

街巷又窄又长

牌匾门脸古色古香

石板路凹凸打滑

雨似下非下

洇湿高门深院秦砖汉瓦

斑驳陆离的马头墙上

牵牛花有花有藤

贴着墙壁留个影

心情湿漉漉的

好像墙内是另一个朝代

有风吹过

分不清季节

能辨出体味

乌衣巷口王谢堂前

魏晋风流嫁接应时唐装

叁 江河同春

药店里还卖后悔药
时而几声异样的惊叹
被脚步崴出抖音

过客悠然
分不清谁是老城南的后人
只有嘈杂市声
穿越时空

2023 年 2 月

爱在水慢城
南京高淳水慢城之

水岸边一条弯弯曲曲的小道
草丛中几只胖胖憨憨的蜗牛
无边的向日葵笑迎金色晚秋
饱食的水鸟都是悠闲绅士的派头

爱在水慢城
与君踏歌游

金沙滩沙软水深冲浪玩沙
乐活林草绿天蓝洗心消愁
戏渔谷捞鱼戏水童趣逆天
芦苇荡芦鸡做窝秘境探幽

爱在水慢城
贪欢意未休

水上慢生活五彩斑斓
乡村烟火包装水乡锦绣
亲水季节被互联网拉长
旅游经济催生鱼蟹丰收

爱在水慢城
幸福上层楼

滨湖花海蝶恋花
红男绿女尽牵手
荷塘追月双采莲
鱼戏莲叶晚回舟

爱在水慢城
青春多风流

2024 年 9 月

㉑

致敬，积石堂

写在兰州大学110周年校庆之际

矗立在中轴线上
你比所有的建筑伟岸堂皇
桃李不言下自成蹊
你和我的每一位恩师一模一样

从校门口的古树浓荫
到积石堂的摩天洪钟
我引颈顾盼一路向东
这正是校园里太阳初升的地方
这正是黄河奔流而去的方向
年轮造型已是传奇
谁又能说得清你的高度和体量
现在我记忆最深的还是
沉溺这里的四度春秋
37年过去仍常常心驰神往

作为一座图书馆
你把天文地理分类排列
你把古往今来铅印线装
更多的是厚重得啃不动的砖块巨著

叁　江河同春

天书般让我望而生畏的辞章
但我就是喜欢攀爬这里的书山
喜欢沿楼层的台阶拾级而上
喜欢这里有温度的书桌坐椅
喜欢这里定时开启的灯光
所有这点点滴滴，都已积淀成
有纪年的深邃，无边界的宽广

此刻，我依然看到许多
排队入座专注自习的稚气同学
于是我想起了我的那块占座布垫
蓝白格子的粗布外套
厚厚方方的一块毛毡
母亲缝制时我就紧盯在跟前
针脚要密走线要直拉链要平整
结实轻便美观舒适与众不同
那是一件何其珍贵的助读工具啊
在这里与我值守相伴四年
想起它，我竟泪湿双眼

还记得那个暑假
我跟着图书馆詹老师修补破损书籍
书角书内每一点褶皱蜷曲
要用湿巾小心抚平压展

书皮书脊每一点损毁散裂

要用胶带锥线粘修完整不露破绽

虽然我忙于修补无暇翻读

但我竟那样痴迷于触摸书本时

陈墨的气息软酥的手感

其实那只是一次普通的勤工俭学

可这独特的经历

意外丰富了我的知识我的人生

它甚至让我懂得

立德树人要从珍爱书本开始

深耕学海与先哲对话

最重要的是敬畏和虔诚

110年积土成山风雨兴焉

110年晨钟暮鼓薪火相传

致敬，积石堂

作为一名母校学子

我膜拜的灵魂从未走远

（注：兰州大学图书馆名为积石堂。）

2019年9月

叁 江河同春

22 伴我萃英山

写在兰州大学榆中校区

　　甘肃省榆中县夏官营镇有一座南北走向的黄土高山，当地人称白虎山，山上植被稀疏，黄土裸露，满目荒凉。本世纪初，兰州大学榆中校区选址白虎山东侧。从此，师生一面在山下兴建校园，一面在山上植树播绿，并在半山腰凿土植绿种下"兰大"二字，山名也随之改为萃英山。

——题记

草根裸露的峁和梁
纵横连绵的沟和坎
羊肠土路盘山起
干旱荒芜植绿难
无古石苍松之深幽
无飞瀑流泉之浪漫
身不由己别无选择
默默矗立黄土高原

萃英山啊萃英山
——你的名字叫萃英山

惊愕于你的荒芜

抵触过你的苍颜

与你的对视曾触碰我的泪点

漠视过你疏远过你

如今却读懂了你的存在

慰藉于你的连绵

无辜的困窘被迫的瘠薄

却把"兰大"二字刻在半山

不见飞瀑流泉难寻深树虫鸣

却把万千学子朝夕相伴

萃英山啊萃英山

——你的名字叫萃英山

桃李不言下自成蹊

天下英才聚而育焉

聆教天山堂

我感喟于师者的纯粹知识的浩瀚

沉浸昆仑堂

我人生的志趣变成了勤奋登攀

自强不息独树一帜

踏实进取道义铁肩

苦读四年

淬炼青春缔造传奇
成长四年
我已像萃英山一样雄浑凛然

萃英山啊萃英山
——你的名字叫萃英山

抬头仰望萃英山
登高俯瞰萃英山
人生的驿站
心灵的港湾
登上去，每一个壑口都是风口
坐下来，每一处平缓都有机缘
蓝天白云，留给我岁月底色
日月轮回，打理我逐梦流年
你教会我抬头的习惯敬畏的眼神
你鞭策我珍惜韶光志存高远

萃英山啊萃英山
——你的名字叫萃英山

植一株胡杨许一个心愿
攀一回云梯增一分傲岸
伴我萃英山

爱我萃英山

思我萃英山

恋我萃英山

春华秋实旧貌新颜

群峰成阵气象万千

风霜雨雪坚毅担当

就像母亲的背脊父亲的肩

萃英山啊萃英山

——你的名字叫萃英山

卸去浮华雕饰

厚植底蕴内涵

离开萃英山

世上再无萃英山

读懂了你就蜕变成你

从今往后

我就是一座萃英山

2021 年 6 月

㉓

四十年，让我对你说

写在兰大中文系77级入学四十年返校之际

叫一声，我的老同学……我的老同学
喊一句，我的师弟师妹……师哥师姐
搀一搀，扶一扶，我的老师啊，我的恩师
看一看，走一走，我的母校，我的兰州大学

眼睛已有些湿润
喉咙也有些哽咽
心绪已回到当年呀
脚步也慢了许多，许多

四十年呀，我们第一次齐刷刷返校
也是第一次分享归来之乐
四十年呀，我们又一次向老师报到
又一次请母校检阅

漫步今天的校园
但见绿草如茵高楼林立
旧貌新颜处处欢歌
可我们总是想起旧文科楼的伟岸
想起食堂木桶里玉米面糊糊的香甜滚热

还有那喷泉假山老旧宿舍
校园后门口丁香花开放的季节

虽然我们胸前没有校徽
但我们的气息早已相接
天水路 78 号，是我们望得见的乡愁
中文 2010 教室，是埋藏于我们心中的不舍

握住老师的双手
仿佛时光倒流恍然如昨
老师啊，您的目光和神情
把我们又一次带进课堂上的古今中外
书本里的春花秋月

还记得，一门《红楼梦》赏析课
就让我们早早参透了人生"好了歌"
还记得，一门鲁迅著作选读
让我们从文学作品中体悟到世态的炎凉人性的
　　顽劣

还记得，老师要我们
"把薄书读厚，把厚书读薄"的教诲
还记得，我们爱上唐诗宋词
是因为听老师讲"阳关三叠"和"定风波"

还记得，课堂上老师唱起了"花儿"：
"上去高山往下看，平川里有一朵牡丹"
让我们感慨"花儿本是心头的肉"
艺术的本源在民间
还记得，"同学们，你们一定要认真啊"
那一声慈母般的叮咛呀
已成为来自天堂的撕扯

四十年间，我常常从梦中惊醒：
有时上课迟到进不了教室
有时贪玩懈怠耽误了作业
有时和同学莫名争吵
有时被老师批得焦头烂额
难道这就是爱愈深情愈怯
难道这就是青春的履痕成长的纠结

四十年追梦
我们常想起
课堂的点名，操场的集合
四十年打拼
我们更珍惜
校园的沐浴，老师的恩泽

我爱您，我的老师

四十年过去，您依然是我至尊的导师

我爱你，兰州大学

四十年过去，你依然是我灵魂依归的精神世界

那是一个激情燃烧的年代

我们真的心热似火

那是一个爱的季节

我们真的爱过，至今爱着

四十年过去，人依旧，情更烈

让我现在对你说，我爱你我的老同学

我爱你，教室里挑灯夜读的沉静

我爱你，图书馆里邃密群科的执着

我爱你激扬文字的豪迈

我爱你青春萌动的羞涩

课堂上，我们争相举手不甘示弱

草坪上，我们席地而坐讨论"伤痕文学"

夜幕下，我们仰望星空思接今古

晨光中，我们结伴早读笑迎红日喷薄

记得，有位男同学饭票不够了

几位女同学争相解囊无私捐助

记得，有位女同学阑尾炎发作

好几位大哥哥背的背抱的抱

每个人都像一辆救护车

假如，再上一堂体育课

我们还会蹦得很高很高

假如，再有一次大教室的讲座

我们的笔记本还会记下很多很多

"积石"的基因"萃英"的品格

我们无愧中文系 77 级的本色

"勤奋、求实、进取"

我们是兰大精神的诠释者

从 2010 教室起步

我们走成三山五岳

从天水路 78 号出发

我们走成长江黄河

我们自信，中华民族伟大复兴的航程中

有中文 77 拉纤的背影

我们骄傲，共和国弃旧图新的画卷中

有中文 77 垦荒的脚窝

怀揣梦想，我们奔赴东西南北各行各业

不忘初心，我们何惧长路漫漫上下求索

我们是老师手中接过来的蜡烛

我们也登上三尺讲台

教书育人授业解惑

我们是致力文学写作的莘莘学子

从《三国殇》《羲皇》

写到西路军喋血

我们是资深编辑媒体记者

我们传承使命，成风化人

我们铁肩道义，扬善惩恶

我们是人民公仆著名学者

我们主政一方，造福百姓重整山河

我们专攻一业，为天地立心为往圣继绝学

四十年，我们的队形没有走散

四十年，我们的脚步就是传说

——我们是幸运的兰大中文 77 级

——祖国，让我对你说

叫一声，我的老同学……我的老同学

喊一句，我的师弟师妹……师哥师姐

搀一搀，扶一扶，我的老师啊，我的恩师

看一看，走一走，我的母校，我的兰州大学

四十年啊，我的老师

今天我们仍然以学生的名义
陪着你一天天变老
——从丁香花开，到梧桐叶落
从白塔染绿，到皋兰飞雪

四十年啊，我的老同学
今天我们仍然以同窗的情分
守望相助抱团取火
跋山涉水一路高歌

梦犹在，血还热
胸中滔滔是黄河
摁下"回车键"
开启新生活
再写人生四十年
万里关山从头越

2017 年 8 月

我是你的学员

写在中共中央党校

"2016 第 66 期
进修部学员"——
以这样的名义
我迈进了你的门坎
"民主政治建设
专题研讨班"——
以这样的使命
我成为了你的学员

大有庄 100 号
一方宁静的热土
中共中央党校
一座姓党的校园
两个月专题学习
激起多少遐思畅想
两个月校园生活
留下多少记忆眷念

——从入校那天起
我每天把桔红色的学员证

挂在胸前
从第一堂课开始
我们的生活节奏
就调整为学习模式
言谈举止
就有了"党校范"

是的
这里是中国共产党的最高学府
这里是马列主义的理论圣殿
这里是领导干部
仰望星空踱步思考的精神高地
这里是共产党人
坚定信念筑就梦想的蓝海红船

——是的，我们已负重拉车很久
我们需要来一次全面体检
——是的，我们的前路关隘太多
我们需要来一次补钙强体回炉淬炼

沿着南北中轴线
我走近马克思恩格斯塑像
再一次相认我们的老祖宗
仿佛一盏明灯穿透长夜凌空高悬

高大伟岸的"老校长"雕塑前
我无数次仰望无数次感叹——
中国出了个毛泽东
劳动人民才翻身作主
共产党才有了自己的江山

"实践是检验真理的唯一标准"
"党的基本路线一百年不动摇"
"发展是硬道理"——
面对我们的总设计师
我庆幸
我们这一代人
赶上了改革开放的春天

从开班动员到毕业盛典
从"系列讲话""经典理论"的系统学习
到民主政治专题的深入研讨课题答辩
两个月的收获从来没有这样丰满

纵论天下大事
放眼世界风云
大礼堂的每一场报告都让我们心潮澎湃
民族振兴国家富强

教室里每一门课程都昭示我们
新常态下
更需要我们
坚定"四个自信"
推进"四个全面"
加强党性锻炼
树牢群众观点

"民主政治建设"
这是我们学习研讨的主课
要推进治理能力治理体系现代化
就要常思考
怎样才能
避免误入"塔西陀陷阱"
就要真正明白
人民群众是地，人民群众是天
就要牢记总书记的叮嘱——
"不忘初心，继续前进"
我们这一代共产党人
更懂得诗和远方
更能够海纳百川

教学相长，学学相促
自省、升华、薰陶、蜕变

两个月的时间
从来没有如此短暂
此刻，收拾行装打理细软
心中涌动别样的依恋

组织员尤元文老师
从报到第一天开始
就成了学员的全天候"保姆"
成了学习生活的全能指南
教学组六位老师又上课又服务
有颜值有气质
学员们私聊说
 "党校把最优秀的青年才俊
配给了我们班"

老师可亲可敬
同学有情有缘
四十一位学员
来自全国各地四面八方
虽然职业不同性格各异
却团结紧张严肃活泼
守望相助亲和友善
虽然个个栋梁之材功成名就
却一样的如饥似渴一样的刻苦钻研

此刻

一本本精彩的讲稿

已装订成册装进行囊

它将是相伴我前路的工具箱钥匙串

一个个生动的课件

连同课堂的互动情景

已刻进了光盘

它也刻进了我的脑海

必要时就会自动打开精准呈现

学员考核表早已填报

课题答辩也优异圆满

学业顺利完成

一切天遂人愿

只是此时此刻呵

我还想再一次漫步校园

再一次呼吸校园的空气

再一次欣赏校园的蓝天

掠燕湖方舟湖

水榭亭台碧波微澜

座座湖泊都净化心灵映照明天

南山北山曲径巉岩飞瀑流泉

作为山的存在

它给你攀登的冲动向上的召唤

樱花林银杏林

绿荫蔽日花香鸟欢

白杨参天梧桐夹道

梅花迎春雪松傲寒

校园的一草一木都

有担当、不等闲

再看看二味书屋

那通向二楼的书梯

象征书山有路

再去一次大有书局

那灯光下的论坛角

是思想的大餐文化的盛宴……

一切都成为美好的记忆

一切都将是力量的源泉

留恋但不沉溺

别离但不伤感

是的，我们终将离开

我们的肩头还有新的重担

"朝着'实事求是'来

向着'为人民服务'去"

校园流传的这句话

我们懂得，并已牢记心间

是的，我已不再年轻
作为党校学员
这是最后一班
但在我人生的旅途上
这何尝不是新的开始
在实现中国梦的航程中
我会再一次乘风扬帆

因——为
我是中央党校第 66 期
民主政治建设专题班学员

此致，敬礼

2016 年 7 月

域外诗踪

01

俄罗斯短章

（一）

怀着好奇而复杂的心情
参观塔斯社
曾经的"老大哥"
曾经的世界四大通讯社
和新华社合作由来已久
业务交流人员往来
至今仍然保持着有效互动

办公大楼已经陈旧
技术装备显然落伍
与采编人员交谈
个个为新华社竖起大拇指
世界风云变幻无常
媒体的未来
取决于国力的兴衰

（二）

到莫斯科郊外高尔克村
瞻仰列宁故居
幽静，肃穆，树木葱茏

一代伟人的最后岁月在这里度过

一帧帧照片
一段段往事
一件件遗物
一部部论著
忠实地记述着伟人非凡的一生

抚今追昔
心生无限感慨

是以怎样的超人思想和政治智慧
创建了国家与革命的伟大理论
是在怎样艰难的条件下
成功领导了震撼世界的十月革命
缔造了全世界第一个社会主义国家
让劳苦大众翻身作了主人

虽然，在历史的长河中
那划破长夜的亮光只有短短一瞬
虽然，今天的世界
已没有多少人记得你的名字
——弗拉基米尔·伊里奇·列宁

此刻，我们默默伫立

无限敬仰，深深缅怀
国际无产阶级革命的一面旗帜
伟大的导师和精神领袖
只有你的灵魂堪称永垂不朽

（三）
走进莫斯科大学
校园里三五成群的学生
都愿意和中国朋友拍照交谈
那种开心偶遇的样子
让我们莫名感动和亲近

遥想当年，我们的多少前辈
也是这里的莘莘学子
怀揣家国梦想
在这片土地上读书学习
而后成长为中国革命的栋梁

这一份情愫
曾在几代人的血液里流淌
此刻化为深深的祝福

（四）
来到圣彼得堡

必然想起列宁格勒保卫战

那是一场

人类战争史上抵御外侮的典范

全民族的卫国动员

900天的殊死血战

彻底粉碎了德国法西斯的罪恶疯狂

抒写了"人类历史上找不到的抵抗"

站在卫国战争纪念碑前

环形墙壁上的长明火

把后来人的心智点亮

记住惨痛历史

祈祷世界和平

总有一天

人类会把战争和杀戮彻底埋葬

（五）

曾经的皇宫

世界四大博物馆之一

冬宫是俄罗斯的骄傲

宏大精美的宫殿建筑

无与伦比的艺术馆藏

参观者无不叹为观止

拉斐尔的圣家族

米开朗基罗的小男孩雕塑

达·芬奇的圣子圣母像

列宾的伏尔加河上的纤夫

不可胜数的经典原作

穿过历史的云烟至今熠熠生辉

被称作镇馆之宝的金孔雀报时钟

依然能公鸡打鸣孔雀开屏

只是叶卡捷琳娜二世

　"如果我能活到二百岁

全欧洲将匍匐在我脚下"的豪言壮语

注定是梦呓

而作为中国游客

来到中国藏品厅

则是一次灵魂的折磨

那无数的唐三彩、敦煌壁画

藏传佛教金佛像

两万多件不可复制的中国文物何以流落至此

冬宫，卢浮宫

大英博物馆

纽约大都会博物馆
多少中国文物期待回家
列强劫掠的孽债何时偿还

（六）
喷泉之都
雕塑集群
彼得大帝夏宫的美艳
独步天下数百年

富丽堂皇极尽豪奢
设计建造世无比肩
园林艺术的璀璨明珠
雕塑精品的永久会展

亚当喷泉，夏娃喷泉
鳞次栉比的喷泉群水柱冲天
芬兰湾的海风吹过
无数金色的雕塑
在飞瀑艳阳下流光溢彩
每一座都栩栩如生美轮美奂

林荫大道宽畅笔直
绿地花坛映照水碧天蓝

步入数百米长的两层楼大皇宫
更是移步换景五光十色
形形色色的绘画、雕塑、奇珍异宝让人眼花缭乱

导游的讲述引人入胜
游客的脚步渐行渐慢
抚今追昔世事沧桑
历史的天空风轻云淡
凭谁问宫殿的主人而今安在
彼得大帝彪炳史册的战绩
已是那样遥远

（七）
"三人行，必有我师焉"
"己所不欲勿施于人"
在鞑靼共和国姆拉特建材公司
中国孔子的语录和企业老板
"向前，走向资本主义"的口号
都是悬挂在企业墙壁上的座右铭

惊讶之后复归平静
道路各不同
文化可互鉴

1998 年 11 月

02

古罗马遗址公园

残垣断壁，废墟遗骸
风雨剥蚀，斑驳陆离
古罗马遗址博物馆
人类历史演进的一处物态存照
皇权帝国留下的一地会说话的石头
石柱，集市，凯旋门
每一处遗存每一块碎片
都像张大着嘴巴
口述古罗马帝国的兴衰

古罗马是一个辉煌的时代
军事，政治，经济
建筑，艺术，哲学
王政，共和，法律
人类文明从此跃上一个高峰
科学的进步与帝国的繁荣
都是教科书上的案例
哪一样不让后世抄袭跟风

目不暇接数不胜数的石柱千姿百态

无疑是古罗马建筑的标配
蒂奥斯库雷神庙三根石柱
孑然兀立二千年不倒
图拉真石柱一柱擎天
有道是罗马人傲视群雄的精神支柱

红火千年的图拉真集市喧嚣不再
密密匝匝的店铺商圈空空如也
但导游的讲述穿越时空
让人们看到了世界上最早的 CBD

提图斯凯旋门，塞维鲁凯旋门
君士坦丁凯旋门，英雄归来
横跨欧亚非大陆的一次次征战杀戮
胜利者何曾想过哪一次是最后的凯旋

图拉真广场，凯撒广场
奥古斯都广场，纳尔瓦广场
广场连着广场
庆功加冕，公共礼拜
审判集会，休闲娱乐
无不昭示社会发育和繁盛富强
灶神庙，凯撒神庙
维纳斯和罗马神庙

神庙挨着神庙
历史的脉跳因应着神权的崇高

至今让人叹为观止的万神殿
被称做工程学奇迹
圆形大厅六米厚的墙体固若金汤
空前高大的圆形穹顶
设计和建造前无古人
殿内供奉了奥林匹亚十二天神
于是万神膜拜举世闻名
在这里，宗教与艺术，统一与多元
和谐包容

斗兽场人兽搏斗何等残忍血腥
市政厅元老院执着于决策科学权力制衡
"真理之口"拒绝谎言呼唤诚信
——野蛮和文明在同一片土地伴生

踏上阿皮亚古老沧桑的石板大道
才知道为什么条条大路通罗马
运行 2300 年的网格化公路
足以让盛极一时的强大帝国万邦来朝

战火烽烟远去，金戈铁马沉埋

历史场景渐行渐远
世界之都——废墟之都
城廓消失却文化永存
毕竟，古罗马后人懂得
以文化遗产的名义对话古人

2020 年 11 月

03

古罗马斗兽场

那种夺命的游戏
一直延续至今
无数的看客
像公牛一样
总是为凶险缠斗而冲动

斗兽者装扮得像绅士
手中的红布幡左右翻飞
有时倒挂牛背或拽着牛尾狂奔
纵被踩破肚肠肋骨
依然乐此不疲

斗兽场曾是奴隶的祭坛
也是贵族的乐园
煌煌罗马帝国
最终在狂欢和屈辱中坍塌

游人不惑
只愿历史的洪流

能冲洗干净
斗兽场上的千年血腥

2020 年 11 月

04

走进梵蒂冈圣彼得大教堂

似乎是神的恩赐
二十五年一遇的圣年是今年
二十五年开启一次的最右侧圣门
恰是今日打开
朝觐的队伍见首不见尾
无数人为幸运赞叹不休

公元 2000 年 11 月 19 日
秋日的午后
纤云低垂微风轻抚
圣伯多禄广场
沐浴和洗礼着无数游人

穿过环形长廊和一排排罗马石柱
在圣彼得雕像
和瑞士卫兵的目光注视下
人流涌动着跨进圣门
跨入不曾想象的圣境

应接不暇的眼花缭乱
扑面而来的空前震撼
屏息观瞻或驻足谛听
认知的空白让人惶恐

留有米开朗基罗签名的
《圣母哀痛》雕像
仿佛还有平静的喘息
贝尼尼设计创作的青铜华盖下
九十九盏长明灯幽暗如豆却深邃莫测
万头攒动中走过圣坛
仰望至高无上的穹顶
缕缕天光撒金散银
每一寸立面都金碧辉煌巧夺天工
置身绝世无双的恢弘圣殿
俗尘万念突然断片
生命和诗意如海上明月
幻觉中被置换了身心

建筑，雕塑，绘画
教堂，圣经，耶稣基督
艺术让世界超凡脱俗
宗教使灵魂感召飞升

千百年来人类为什么总是虔诚于

艺术与宗教的双重洗礼

因为精神的皈依

终会蝶变物质的有形

2020 年 11 月

微信年代

比萨斜塔

似乎
它不愿直立
八百多年不曾昂首挺胸

似乎
它刚躲过一劫
把头偏向一方
挣扎着，没有倒下
但已精疲力竭无法回身

它似乎生不逢时先天不足
地基沙化下沉基座不稳
建到四层就已倾斜
其后百般施策也无法扶正
委曲它的或是基因和出身

作为钟楼的存在
比萨斜塔安装了七口大钟
却从未撞响，有辱使命

但作为建筑艺术的奇观
它把将倾未倾的瞬间定格拉长
为全世界建构了一种玄幻惊心的美

2020 年 11 月

微信年代

06

科隆大教堂

用六百三十二年的接力
和赓续不辍的执念
建成一座哥特式教堂
每一柱刺破青天的尖塔
都是后来人祈祷的方向

不仅是一座雄伟的建筑物
不仅是工匠的跨世纪杰作
仰望的目光
加持灵魂的自净
不想让历史横冲直撞

一以贯之的设计理念
十几万吨的磐石砌筑
匝地摩天千年不朽
圣骨箱与东方三贤士
彩绘玻璃窗与圣经故事
极致化的精美图案
定格成莱茵河恒久的倒影

以一种真诚而敬佩的态度
为举世无双的工匠精神打卡
无关信仰

2020 年 11 月

微信年代

维也纳金色大厅

说它金碧辉煌或者无与伦比
反倒显得语言乏力
百年金色大厅是一个音乐图腾
到这里就是陪灵魂朝圣

给每一寸墙壁镶金镀银
让每一首乐曲贵胄加身
音符和旋律在这里有形可视
大师的琴键直指人类痛感与抗争

《费加罗的婚礼》《命运交响曲》
《蓝色多瑙河》《维也纳森林的故事》
人间万象是艺术的不竭源泉
震撼与感动源自爱与美的共情

新年音乐会已成为传统的迎新盛宴
爱乐乐团长年不衰的顶级演出全球追捧
音乐之都沉浸人间悲喜和命运交响
金色大厅用音乐谱写世界安宁

2020 年 11 月

比利时撒尿小男孩铜像

小男孩的尿高高扬起
远远落下

能想象到当时的场景
地上的导火索猛烈燃烧噼啪炸响
正向远处的炸药包窜动

此时
这一尿力拔山兮气盖世
对侵略者的狂妄野心是全息的灭顶之灾

急中生智而以尿为器
身处险境而从容不迫
救城市于水火
建奇功于社稷

这个市标雕像
矗立于布鲁塞尔市民心中
撒尿男孩的故事
感动着全世界爱好和平的人们

2020 年 11 月

卢森堡佩特罗斯大峡谷

把地理的创伤变成了人文风景
佩特罗斯大峡谷何其有幸
谷底清溪涓涓，茂林修竹参天
头顶的阿道夫大桥车水马龙
并联起大公国都市繁华与大自然鬼斧神工

中世纪古老城堡烽烟不再
宪法广场游人如织
小国寡民却是全球巨富
小国奇迹或让丛林法则失灵

也曾战乱频仍
也曾国破民殇
峡谷要塞卫国屏障
胜利女神纪念碑常怀民族英雄

和平安宁来之不易
大公国体中立于世
这个世界丰富多彩
文明形态多元包容

2020 年 11 月

题埃菲尔铁塔之高不可攀

传说，当年莫泊桑坐在铁塔二楼餐厅感慨
这里是巴黎唯一看不见铁塔的地方

此刻，素来恐高的我站在铁塔脚下
只能仰天徒叹高不可攀

以建筑高度创造了世界奇迹
钢构架纯铁件更是史无前例

三百一十二米只是一个物理刻度
刺破云天的是工业革命时代的创新指数

纪念伟大的历史事件常有地标性建筑
比如胜利广场，凯旋门，纪念碑

庆祝法国大革命胜利一百周年
值得有埃菲尔铁塔拔地而起

选址塞纳河畔战神广场
独具区位视角和文化立意

不仅是科技尖端和国力炫耀
建造者的诗和远方也是不竭动力

致敬古斯塔夫·埃菲尔
一塔擎天名垂青史

2020 年 11 月

11

卢浮宫观『蒙娜丽莎』

那一面陈列墙
佛龛一样凹进去一方天地
让蒙娜丽莎静静地在那里微笑
这一刻，我不再怀疑
艺术大师的手笔
会把生活中的简单真实
打理整合成一种旷世表情
而那表情的后面
是洞察人性的温柔或冷峻

闲静端坐气定神闲
远山近水是淡远的背景
长发飘飘，锦衣款款
雍容华贵，香韵薰风
双手轻放椅背
丰润如玉的手指似可触摸
并无深眼高鼻的夸张
笑不露齿的含蓄半似东方女性
妩媚与自信超然物外
画家锁定了那个时代的唯美永恒

不论从哪个方位观赏
不论有多少人同时在场
她都和你专注对视
只是她全然不知这世上
再真诚的微笑
也会划痛些许天涯人记忆的伤痕

画作的美艳无与伦比
文艺复兴的巅峰令世人景仰
自由思想与人本觉醒
成就一个时代
达·芬奇以蒙娜丽莎的名义
馈赠给后人可带走的笑容

2020 年 11 月

12 走过香榭丽舍大街

我们昂起头来
挺直腰板
在马路一侧
向凯旋门走去

走这一段路
需要王者步态
耦合历史时空
置身其上
就像站在舞台中央
能聚焦全世界的目光
路在动景在换
流光溢彩模糊了时差

塞纳河流过往昔的梦幻
巴黎圣母院坐落于名著中
埃菲尔铁塔下莫名恐高
卢浮宫的匠心和《蒙娜丽莎》的真迹
成为来日的谈资和叙事符号
昨晚的法新社大餐

是一个猎奇景观

逛逛老佛爷商场

难抵物欲的冲动

相会故人是巴黎郊外的插曲

故事的逻辑已然重构

走在香榭丽舍大街

是走进历史风流

香风美酒红男绿女

兼容于橱窗的色彩

和空气的味道

或许，明天这里又是集会和游行

我们是他乡过客

我们身上的西装

被旅行包坠得歪歪斜斜

没有人关注我们的肤色和个头

大街像传送带

揽收和卸载不明去向的车水马龙

就此走过香榭丽舍

凯旋门外，再激情留影

2020 年 11 月

13

欧洲：城市之光

走过古罗马
走过维也纳
走过布鲁塞尔
走过浪漫巴黎

走过建筑艺术的博物馆
走过雕塑艺术的大观园
走过写生绘画的广场角
走过吹拉弹唱的才艺摊

一座座欧洲古城
一道道城市之光
彰显古老的历史文化
承载独特的西方文明

哥特式的教堂尖塔入云
力学的认知加持神学的飞升
巴洛克式的圆拱穹顶富丽堂皇
宫殿的恢宏基于科学的动能
建筑艺术是人类最美的劳动创造

从中世纪到文艺复兴崛起不朽双峰

走进欧洲每一座城市
街头雕塑千姿百态五花八门
掷铁饼者，大卫，断臂的维纳斯
圣母，天使，自由女神
公园，广场，建筑物，步行街
无处不在，无雕不精
抽象，写实，象征，会意
每一尊都讲述善良美好的故事

行为艺术，杂耍玩偶
油画素描，萨克斯风
舞台与观众都在身边
生活情趣与专业梦想水乳交融
艺术场域铺就文化底色
市景万象建构城市文明

2020 年 11 月

东
京
银
座

繁华，时尚，现代
购物，观光，美食
橱窗千奇百怪
话风五洲四海
灯红酒绿五光十色
一条街
一个无限可能的世界

摩天商厦超级品牌
论品位不输香榭丽舍
巨商大鳄扎堆炫富
秀肌肉比肩曼哈顿第五大道
三条大街尽享世间荣耀
全世界的所有街道谁不膜拜

游人摩肩接踵熙来攘往
门店你进我出随兴自在
三爱大厦、和光老店、松屋银座
珠宝服饰、艺术珍藏、娱乐休闲
酒吧歌舞香水丽人

传统现代交融并茂
买卖全球不一而足

释放物欲的天堂
消费文化的极致
百年老店长盛不衰
百年老街其来有自

2009 年 4 月

15

泰姬陵揽胜

象征着爱和永恒的"完美建筑"

耸立于亚穆纳河岸边

是沙·贾汗国王倾举国之力

为爱妻泰姬·玛哈尔建造的陵寝

如今公认为世界新七大奇迹

与大自然和谐相融

让爱的浇铸美轮美奂

阿格拉城邦因此而闻名于世

殿堂与钟楼的设计别出心裁

中央圆顶和四根尖塔

处处传导波斯风

整座建筑通体洁白无瑕

夫妻恩爱被打理得像宗教一样无比神圣

年轻的玛哈尔生下十四个孩子后突然离世

但沙·贾汗依然一往情深

这是泰姬陵的另一种崇高

即便皇权至高无上

也懂得善待为他生儿育女的人

——泰姬陵
一处举世无双的世界文化遗产
一段凄美哀婉的帝王恩爱故事

2009 年 4 月

好莱坞星光大道

明星们逐梦而来
好莱坞大道两旁用星星
写满百年电影人的荣耀
洛杉矶大都会晴空万里
每个人都想让自己闪闪发光

二千多个水磨石五角星铺过了十五个街区
每一个都属于有名有姓的巨星
粉色的光点令人眩晕
创意者是怎样让全世界的脚步趋之若鹜

沿路剧院不断上演时代的活剧
只有大片和主角
才会邂逅杜比大剧院的颁奖典礼
教父，星球大战，辛德勒的名单
指环王，泰坦尼克号
你看哪个影帝影后
不是如痴如醉般亲吻
奥斯卡金奖杯

最让华人流连的是

星光大道旁的中国剧院

近百年前卓别林曾为之奠基

剧院前的地面上

梦露，史泰龙二百多位影星

留下了密密麻麻的手印脚印和签名

如同他们演过的电影画面

唤起世人记忆的蒙太奇

今天不是颁奖的日子

杜比大剧院门前没有红地毯

街道空旷车辆稀少

数星星的游人也寥寥无几

2015 年 12 月

旧金山金门大桥

想必是世界上最亮眼夺目的跨海桥梁
在碧蓝纯净的海面上
横空飞起一抹"国际橘"
橘红色的桥身与日争辉
朝晖与晚霞常让它身披万道金光

穿过大桥就进入了金门
金门大桥
这富有象征意义的桥名
诱惑着无数南来北往的淘金客

高度和跨度代表着技术革命的成果
雄伟壮观与车水马龙
则象征着海峡两岸的美国式繁荣
殊不知金门大桥还是世界上最著名的自杀场所
数以万计的轻生者从六百多米高的大桥上纵身
　　入海了断凡尘
与摩天的钢塔长长的拉索和宽畅的桥面作最后
　　的切割

金门跨海大桥是旧金山的地标
淘金不易，过桥不易
苦海无边——回头登岸更不易

2015 年 12 月

华尔街铜牛

排着队抚摸
抚摸着留影
在华尔街沾沾牛气
看好的不仅是财富和成功

铜牛是华尔街一景
牛蛋是可触摸的吉祥物
多少人屈尊胯下爱不释手
早忘了穷达贵贱地位身份
这是人性的本能和定数
矜持尊严难抵拜金的冲动

眉骨翘起鼻孔鼓圆
体势前扑四蹄蹬地
力拔海岳牛气冲天
哪在乎人世的贪欲
和资本的血腥

人们已不记得
那位来自意大利西西里岛的艺术家

阿图罗·迪·莫迪卡
是他的突发奇想异想天开
诠释了股票市场的诡异和
世界艺术史上的荒诞不经

游人的拍照留影天天上演
站在铜牛眼前或蹲在牛蛋之下
都是同一个剧情
股票涨跌是金融大亨们的游戏
游人的驻足和挥别
都像浮云

2015 年 12 月

惠灵顿—瞥

一路南飞
从陆地向海洋
从冬天向夏天

穿越两个时区
辗转落地于
海岛山城惠灵顿

南太平洋精灵
蒙蒙细雨中
水岸山郭沉埋于无边宁静
帆悬成阵桅密如林
港湾空无一人

突然间云开日出
阳光如万斛泉源倾泻有声
天气多变晴雨瞬息
世界风都藏风于城

街道转弯拐角

车辆无声左行

遍地十字路口

形形色色的红绿灯

人车自助秩序井然

平日里见不到城管和交警

环城山包逶迤相拥

卡拉塔树叶绿花红

海景房层层叠叠依山而建

抬眼望

如云团片片洁白如银

走马观花惠灵顿

人间烟火并不噪杂

福利社会世界闻名

2023 年 11 月

⑳ 悉尼：海港环形码头

敞开环形的怀抱
拥住的不仅是海浪潮汐
还有来自五洲四海的
万吨游轮超级客船

把船上的故事卸载上岸
把岸上的故事搬运上船
环形码头风情万种
有一种恰好与你有缘

走进 6 号码头
乘一艘游船逐岛环游
于是每一个码头都呈环形
于是每一处港湾都像臂弯

滨海步道游人如织
海港大桥长虹卧波
海阔天空是眼前的实景
万水千山是岛国的奇观

情人码头最为拥堵
市集广场把生活节奏放慢
街头画架自成风景
啤酒侠习惯站着聊天

兀立海岸的悉尼歌剧院银光四射
世间多少精彩剧目在此上演
海贝风帆的设计别出心裁
谁知设计师是怎样从剥开的橙子获得灵感

以港口码头连接世界
孤岛就变得四通八达
来过悉尼环形码头海港水岸
胸中就多了一重碧海蓝天
太平洋真的足够辽阔
为世人打开了想象的空间

2024 年 6 月

伍

梦里乡愁

MENG LI XIANG CHOU

01 田埂上，我轻轻地喊

绵绵细雨
揩拭着古老的银簪
一头白发
随着身子微微抖颤
一只手拄着湿润的大地
一只手握着除草的铁铲……
——妈妈，妈妈
田埂上，我轻轻地喊……

眼前放一个盛草的竹篮
身后留下膝印一串
跪着流汗
跪着歇喘
跪着生活了几十年
还舍不得放过一个雨天
——妈妈，妈妈
我的心灵在轻轻地喊……

1981 年 9 月，处女作之一

249

02

大娘，我馋

挂在炕沿
顾不得寒暄
抓过炕洞里烧出的热洋芋
不剥皮，往下咽
大娘，我馋

几回梦里惊叫起
您拿着扫面笤帚把我赶
小时候就是个"馋嘴货"
常害得大娘骂老天
大娘呀，要改秉性难

"缸里有酸菜
那是小花碗
自己捞，水淴干
我知道你馋嘴好吃啥
白碟子有辣椒蓝碟子有盐"
"噢，我知道
咱村上就数大娘的酸菜酸"

摺过洋芋溜下炕

哟，才发现

大娘，啥时候换的新灶堂

案板旁还添了个新面坛……

1981 年 9 月，处女作之二

伍 梦里乡愁

种两遍，收一遍

农历七月天
村里才开镰
小伙镰上挂汗珠
姑娘镰上眨笑眼
大伯默无言

……二月龙抬头
破土种麦田
麦苗才长半寸高
一夜寒霜全杀完
大眼瞪小眼

大伯下令：改种玉麦
秋来还许能收一点
而今镰动丰收闹
好似为大伯做答案
果然，果然

种两遍，收一遍
一段历史现眼前……

大伯不言我已懂

——有收无收不在天

信念，信念

1981 年 9 月，处女作之三

伍　梦里乡愁

04 喜鹊只搭一个窝

柳树上鹊窝
柳树下水井
阿妹井旁唱着歌
我往井里放吊桶

水桶吃满
井绳抽紧
我摇辘轳她抓绳
喜鹊叫两声

"喜鹊咋只搭一个窝
再有高枝也不动心"
阿妹把我问
——嘿，鬼灵精……

1981 年 9 月，处女作之四

05

桃叶茶

放学回到家
先倒一碗桃叶茶
咕噜咕噜一口气喝下去
再去挖野菜或者捡柴火
三伏天，解渴就靠那碗茶

那是母亲用樱桃树叶做的茶
午饭后烧一盆开水抓一把茶叶
泡好放凉，就等娃娃们放学回来喝
清心明目又消暑
不伤脾胃不上火

农历五月，园子里樱桃熟了
吃完了樱桃，母亲就领着我们摘树叶
一株一株挨着摘，枝尖一捋一大把
嫩绿泛红的叶片装了一筐又一筐
回到屋里清洗漂焯熬搓晾晒
工序一道都不差
满院子香气扑鼻好多天
惹得鸡窥猫叫鸟雀馋

等到反复晾晒除湿不反潮
就装进布袋省着喝
整个暑夏都靠它

泡制桃叶茶是家传手工活
全村庄找不到第二家
如今天下好茶都喝遍
犹忆桃叶茶香润心田

2018 年 7 月

06

烧豌豆

山坡上的豌豆熟了
大人们排成队
蹲在地上一把一把拔出来
然后一捆一捆绑起来
又一排一排立在地上
等风吹日晒浑身干透了
再背到山下的土场里打碾

那一排排的豆捆哪一捆先透干
早知道的不是生产队长
而是放学回家上山放羊的娃娃们

一定选一个天干物燥的星期天
阳光照得大人们睁不开眼
两三个小孩子一伙
带着火柴和木棍赶羊群上山
偷偷窜到豆捆后
挑一捆最干的
拖到背弯处用火柴一点

噗噗燎燎的火焰随风而起
向东一卷向西一旋
棍子一搅
噼噼啪啪的响声像鞭炮
所有的豆荚都炸开八瓣
一会儿功夫
烧熟的豆豆满地撒欢
焦的焦黄的黄
连半生不熟的都香气四散
那些小羊羔闻着味道转圈圈
怎么都赶不远
小伙伴们你争我抢吃不够
嘴巴烫得哇哇喊
虽然个个弄得灰头土脸像丑八怪
却是大饱口福赛过年

总有队干部鼻子灵眼睛尖
一看见山上焰火
就牛吼马叫骂脏话，发誓要上山来
割掉娃娃们的小物件
不过吓唬一阵就了事
他们小时候
哪个是饶爷爷的孙子不捣蛋
再说了，众人的老子没人疼

娃娃们烧个生产队的小豆豆
多少人不都是睁一只眼闭一只眼

果然，天一擦黑
娃娃们赶着羊群回了家
骂人的人，也硬装着没看见

2018 年 9 月

农家三宝

小时候，每年春天家里都孵一窝小鸡
当小鸡破壳而出站起来
当天就能咯咯咯咯满院跑
毛茸茸的眼睛吱吱吱的叫声
把大人小孩逗得啥事都忘了

小时候，大门外永远拴着一条大黄狗
我每天放学回家再怎么悄无声息
它都好像早知道
突然扑上来又亲又闻没完没了只管撒娇

那年月，牛马驴骡都入社了
碾场的碌碡也归公
农家院里只剩下
　"鸡叫狗咬娃娃吵"
母亲说，这是咱庄户人家三件宝
要不然，院里没了烟火气
日子就真的难过了

公鸡司晨母鸡下蛋

黄狗看家不偷懒
娃娃们你吵我闹人丁旺
耕读香火有承传

后来，农村实行大包干
农家的生活换新天
但母亲还是说
鸡叫两遍洒扫庭院
要不就是懒汉穷光蛋
如果家里养不住一条狗
别指望柴米油盐样样有

2018 年 9 月

08

陇中山乡『摘帽子』

1876年，陕甘总督左宗棠赴甘新途中，看到甘肃中部定西一带（包括宁夏西海固）赤地千里饿殍遍野，便急奏朝廷"陇中苦瘠甲于天下"，请求赈济……从此，"苦甲天下"成了这里贫穷、落后的代名词，一代又一代的父老乡亲为摘掉这顶"贫困帽子"前赴后继一百多年

——题记

山坡寸草不生
人称"拉羊皮不沾草"
做饭没有柴草
家家户户"锅下愁""炕底寒"

一辈子缺水洗不了澡
四季水荒人畜焦渴"滴水贵如油"
麻雀与人抢水
牛羊骨瘦如柴
"咸水岔""干沟驿""喊叫水"
这些活脱脱的地名刻骨铭心无可替代

靠天吃饭却十年九旱

人老五辈从没吃饱肚子

逃荒行乞流离失所

贫穷落后像是它的宿命——

"陇中苦瘠甲于天下"

——这顶穷帽子

大如天穹笼罩四野

紧如魔咒痛彻心扉

这顶穷帽子

口传笔录载入史册

祖祖孙孙无以翻身

大自然的严酷啊

人类社会的生存惨烈啊

先贤的悲叹啊

一切仿佛都是盖棺论定

1980 年代，改革开放东风吹来

国家上马"三西"扶贫开发建设工程

——兴河西走廊之利

济甘肃定西和宁夏西海固之贫

中国第一场反贫困之战由此打响

"三年停止植被破坏，

五年基本解决群众温饱"
这是既定战略目标
全面改善农业生产条件
大力修复山川自然面貌
人财物扶持无所不及
年复一年力度不减

摘帽子是手工活
反贫困是肉搏战
那是怎样的气壮山河
那是怎样的红旗漫卷

荒山栽树要挖"鱼鳞坑"
技术人员培训、指导、验收、复查
坑要标准苗要泡醒植根要深
蓄水保墒一丝不苟
让每一株树苗不能旱死

农村家家必改节柴灶
老百姓没经验
于是地委书记带着县委书记县长
挑着水桶拿着泥瓦刀
进农家做示范
县乡村三级干部

个个都得双手泥巴亲手干

全国青少年采集草籽树种
支援陇中植树种草
迅速停止铲草皮挖草根
退耕还草还林恢复植被

硬化场院砌筑窖体
每家两袋水泥一眼水窖
点滴雨水收蓄归纳
有效缓解饮水难题
惠及山乡数百万人

对那些一方水土
养活不了一方人的山沟
政府帮着移民搬迁

平田整地科学种田
皇粮国税一律减免
无工不稳无商不活
解放思想转变观念
小尾寒羊长毛兔
土豆淀粉中药材
种养加连着产供销

农工商一体闯市场
修路拉电盖新房
改厕改圈讲文明

所有项目都有国家补贴
所有工程都是以工代赈
人一之我十之
人十之我百之
昔日躺着吃救济
如今干着拔穷根

新时代新阶段
由温饱奔小康
精准扶贫再掀春潮
一连八年攻坚克难
沿海省份对口帮扶
社会各界齐伸援手
包村包户建档立卡
灾病致贫全部保底
造血扶志强壮筋骨
收入水平爬坡过坎
山川面貌大大改善

2020 非同寻常

曾经的二十八个陇中干旱贫困县
全部整体进入小康
"苦甲天下"的穷帽子
终于扔进了太平洋

同样是那片天
同样是那片地
今天这里已改天换地
历史巨变如此真切
老百姓说
"现在一天的笑声比过去一年还多"

如果真有什么事可以感天地泣鬼神
我要说那就是陇中"摘帽子"工程
这是共产党中国的德政工程
这是全世界范围的反贫典范

2021 年 2 月

09

大西北，没有一座山不是谢顶的爷爷

从我家村口的胡麻岭
到远处高高的昆仑山
陇山六盘贺兰山
祁连天山日月山

大西北，每座山都是谢顶的爷爷
每一位爷爷，都是一座谢顶的大山

鸣沙山是谢顶的爷爷
火焰山是谢顶的爷爷
植被稀疏是谢顶的爷爷
容颜沧桑是谢顶的爷爷
高寒缺氧是谢顶的爷爷
海拔高程是谢顶的爷爷
遮风挡雨是谢顶的爷爷
顶天立地是谢顶的爷爷

谢顶成了梁峁秃岭
谢顶成了黄土巉岩
谢顶成了风蚀丹霞

谢顶成了雪峰冰川

或有草原牧歌冰达坂
也曾驼铃古道戈壁滩
望远大漠孤烟直
近前长河落日圆
沟坎山脉西北上
河谷水系下东南

大山，是祖祖辈辈的宿命
爷爷，是子子孙孙的大山

我五体投地
攀爬大山几十年
摸过爷爷的脚趾
坐过爷爷的双膝
骑过爷爷的脖胫
睡过爷爷的臂弯
我喜欢爷爷青筋暴起的额头
我崇拜爷爷皮厚茧硬的脚板
我熟悉爷爷身上的烟火味儿
我崇拜爷爷劳作的样子歇喘的释然

坡地的麦田，是爷爷生活的理由
沟岔的野杏，是爷爷衣兜的零钱
爷爷教我靠山吃山走山路
爷爷常说上山容易下山难

突然有一天爷爷在东山打坐不起
最后的遗愿是入土为安
从此，大西北的高山
都是我谢顶的爷爷
从此，我们便像爷爷一样
把自己活成谢顶的大山

2021 年 6 月

10

哥哥的姿势

几十年后
哥哥依然比我大两岁
依然比我成熟老练
敦实的样子
像老家的山形
圈椅状环抱而来
肩膀如同梁垛
扛得住所有重物

走路像刮风
一会儿功夫
就串好几家门院
张三李四陈家婶婶
谁家的酸甜苦辣
他都说得清

当了三十多年村官
砂石硬化的村庄道路
架在山顶的电视转播塔

伍 梦里乡愁

271

家家接通的自来水管道
都有哥哥的体温

和哥哥聊天
我总是听他的
土地黄牛年景
生老病死天象时运
都和起早贪黑或好吃懒做
隶属一个话题
哪怕春旱夏雹
也不是定数
会不会过日子
还要看门前长不长树

此刻
哥哥正在饲喂两头黄牛
添满水桶递上草料
躬身挪步手脚麻利
那种姿势
让我想起他小时候
刚上完小学就去挣工分
犁地种田拉架子车
多苦的农活一声不吭

长兄如父啊

保我上学念书他被迫辍学

可他一辈子从不向我表功

2022 年 9 月

哥哥的电话

哥哥在电话里说
这两年村子里有五个老人
接二连三地殁了
我一听
仿佛是古井的一根井绳断了

今年正月初六
埋的是老刘
去年腊月埋的是陈伯
东山一个西山一个
那一茬人没剩下几个

他们的名字我都记得
他们的样子我都记得
他们大一点的孩子
都和我一起玩过

这帮老伯老叔
好有福气啊
都活过了八十岁

眼睛一闭
都算是寿终正寝

可你们的长寿
却害苦了我早逝的父亲
他在地底下等了你们四十多年

现在
我在心里悄悄告诉父亲
你的那帮老伙计来了

2023 年 2 月

⑫ 家乡加减法

乡的名字叫漫屲乡
村的名字叫老地沟
社的名字叫深沟
地名里有屲有沟
命里就注定要摸爬滚打

那些年
山坡陡屲上的荒秃
赤裸如孩子们的光脚片
寸草不生
草根都挖完了
家家锅下愁
青黄不接的日子
煮不熟一颗洋芋蛋

后来
人拉肩扛梯田上山
工程化遏止水土流失
坡地减少耕种
减少牛羊踩踏

退耕还林还草
养元气做减法

如今，鸟枪换炮推土机上山
老一代梯田台地被加宽拉长
蓄水保墒能级提升
坡卯上草深林密

家乡的面貌着实变了
乡亲们也开口谈论生态文明

2023 年 2 月

洋芋蛋

在洋芋土豆马铃薯这些名字中
老家人选择叫它洋芋
是外来品种
不知什么时候
人老五辈就爱上了它

天天洋芋长洋芋短
生活离开洋芋就像丢了魂
种洋芋挖洋芋吃洋芋说洋芋
洋芋的故事一箩筐
易种好收耐旱抗病不怕冰雹
当主粮当蔬菜当商品当礼品
粗茶淡饭玉盘珍馐贫富贵贱
样样自洽和合

阳坡的面饱瓤沙利于蒸煮烧烤
阴坡的皮薄肉嫩留着爆炒煎炸
家家有个洋芋窖储藏保质
绝不让风吹日晒皴绿糟蹋
成本低产量高好打理不娇气

一年四季洋芋能当半个家

山沟偏僻土地贫瘠
洋芋从不嫌贫爱富
有种就有收
洋芋不哄人

老家人生来就有洋芋缘
落得个浑名叫洋芋蛋
人如洋芋又何妨
管他土气新潮或憨傻

2023 年 8 月

洋芋重生

列不进主粮之列
属于蔬菜副食之类
深埋黄土以后
她才意识到自己必须涅槃重生

被菜刀一剖四瓣
块栽，是血淋淋的剖腹产
伤口处涂抹了草木灰
减缓锈蚀氧化
然后在土层下等着发芽

芽眼就是眼窝
不想流泪就出芽破土
但外面世界只开谎花
根茎果实
还是埋在土中

灵魂的折磨在成熟以后
煎炸烧烤捣成泥浆
许多制式量身定做

当然，也不愿长久窖藏备受冷落

终究自知是一枚洋芋
或者叫土豆叫马铃薯
形丑位卑别无所求
充当地球人的餐桌美味
足矣

2023 年 8 月

15 吃水升级版

辘轳旋转
井绳飞绽
门前柳树下
我趴在井口
看见父亲放下去的水桶
击碎了水面的天空

等水桶咯吱咯吱升到地面
我就把头伸进去
咕嘟咕嘟狂饮一气
霎时清凉贯透全身
树上的喜鹊点头哈腰

不知什么时候
水位下降井水干涸
远处的山泉
成了我和哥哥抬着水桶
一天一趟的朝觐

曾经江河日下泉眼萎缩

干旱年份
山沟的水荒连着
灶台的断炊
吃水难题困扰家境国运

被迫硬化地面修筑积雨水窖
零存整取省吃俭用
但吃水用水
照样要勒紧裤腰带
缺水，依然是块心病

突然有一天
引洮工程全线通水
政府的神操作犹如四大发明
水龙头伸进千家万户
深居大山深沟的老农民
像城里人一样吃上了洮河自来水

于是十里八乡敲锣打鼓
欢庆吃水升级版
父老乡亲又一次时来运转
生活，打开了小康新纪元

2023 年 8 月

16

我的出生地

中秋节后
天气凉了
母亲把我降生在一爿热炕上
照例哭了两声
算是落地生根

黄土麦草和成酸泥
夯筑出一块块四方泥坯
晒干后盘砌成北房的通铺
树叶、柴草、牛粪干
早晚在炕洞里煨烧
竹席毛毡铺垫平整
热炕上烙下我年少的梦

十九岁远走高飞了
却一次次地
回到家乡，回到热炕上
闻着泥土麦草的味道
倒头一睡
除风祛寒舒筋活络

意回丹田心无挂碍
一觉醒来
像重生一次

如今回想
这一生填写的无数神秘表格中
都把出生地写成了省市县
真是不着边际大而无当
为什么不写成老家热炕

2023 年 9 月

17

心中有树

那一年，门前最粗的一棵白杨树
和父亲一起去赶集
结果是把自己卖了

我兜里有了钱
便哭着去上学
走遍集镇
再也没找到那棵树

那些年
父亲给房前屋后栽满了树
抚育间伐悉心打理
一棵棵长大
一片片成林

卖杨树卖柳树卖橡卖檩
买书包买铅笔买油盐酱醋
而桃杏李子一熟
四邻乡亲就有了口福
我拿着打狗棍

东家送一筐西家送一兜
陈家婶婶刘家嫂嫂都能尝到鲜
妈妈说，活人就要讲人情世故
学生娃娃去送点小心意
人家就好收

后来长大了
我觉得自己越来越像一棵树
不是把自己当做椽檩卖掉
就是拿身上的血汗做人情

2023 年 9 月

18

山中雨后

天边的瓦片云
银光闪闪
像海浪的波纹
彩虹在头顶加持

雨过天晴
赶集放羊
明天又是一个好日子

山里人靠天吃饭
雨多雨少都生愁思
久旱甘霖
一点雨就是一包好吃的零食

庄稼会说话
看玉米鹤立鸡群
一定偶遇了风调雨顺的天气

无霜期有限
山里的风景集中在夏季

有的小草贪睡

六月才返青绽绿

而麦豆瓜果早已争奇斗艳

但秋后半年满坡都是歇荒地

孩子们倒是四季如春

即便冰冻三尺

也顶风冒雪

长得大汗淋漓

2023 年 9 月

山村变小了一些

那些爬得我气喘吁吁的高高山坡
现在低矮了一些
不要手脚并用
不用踩着父亲的脚印

那些我跨不过去的沟坎
现在平缓了一些
不再需要母亲拉着
我已能独自爬坡过坎

我似乎越长越大
山村似乎越变越小
慢慢地
我的腿脚长到了山村之外
山村小到能藏进我的心里

2023 年 9 月

并非掩埋的消逝

伍　梦里乡愁

好像没跟上时轮的跑道
老家的许多物件走丢了

打场的连枷走丢了
磨面的石磨走丢了
铡草的铡砧走丢了
量麦的升斗走丢了

违规破开的荒地又撂荒了
苦荞莜麦绝种了
老一代耕牛下岗了
陪牠们犁地的老人入土了

4G 信号进村了
后生们打工进城了
水泥路铺到门前了
自来水接到厨房了

吃穿住行小康了

往日时光翻篇了

物换星移几十秋

山乡的风水真变了

2023 年 9 月

微信年代